Marianne Fredriksson • *enligt Maria Magdalena*

Marianne Fredriksson

enligt
Maria Magdalena

Wahlström & Widstrand   Stockholm

Av samma författare:

Evas bok, 1980

Kains bok, 1981

Noreas saga, 1983

Simon och ekarna, 1985

Den som vandrar om natten, 1988

Gåtan, 1989

Syndafloden, 1990

Blindgång, 1992

Anna, Hanna och Johanna, 1994

Kärlek, jämlikhet, äktenskap?, 1976

(tillsammans med Brita Hansson)

På Akacians villkor, 1993

(tillsammans med Bengt Warne)

Om kvinnor vore kloka skulle världen stanna, 1993

De elva sammansvurna, 1995

(tillsammans med Ann Fredriksson)

Copyright © Marianne Fredriksson, 1997

Tryckt hos Nørhaven A/S, Danmark, 1999

ISBN 91-46-17526-1

"En rätt förståelse av kristendomen har blivit nästan en omöjlighet för oss på grund av den djupa hemlighetsfullhet som omger den första tidens historia."

Simone Weil i *Personen och det heliga*

Maria Magdalena förkunnar uppståndelsen för lärjungarna.
Albani-psalmbok, Hildesheim, 1100-talet.
Ur Frihet till ett eget liv. Kvinnor kring Jesus
av Elisabeth Moltmann-Wendel. Gummessons 1981.

DEL I

På ett torg i Antiochia hörde hon honom tala, han som hette Simon men kom att kallas Petrus. Han var sig lik. Fiskaren från Gennesarets stränder hade bevarat både den resliga gestalten och de klippfasta anletsdragen. Och blicken, barnslig och grund.

En del av orden kände hon också igen.

Som ett eko.

"Älska varandra", sa mannen på torget.

Det hade Han sagt. Men det var först nu hon insåg, att Han inte förstått hur ont om kärlek människorna har.

"Älska varandra." Den storvuxne mannen upprepade orden och gav dem klang av lag.

Nu kunde hon se att hans ögon var troskyldiga.

En stund senare talade Simon om ljuset som inte fick döljas. Och nu tänkte hon förvånad att Han inte vetat att människorna var dömda till skuggan.

Hans eget ljus bländade Honom, tänkte hon.

Kanske var det därför Han valde den mörkaste av alla dödar.

Så till slut bönen hon kände så väl. "Fader vår ..." och folket skingrades. Där hördes ett och annat hånskratt men de kom snart av sig. Simon Petrus ord ägde lyskraft, ett återsken av vad som en gång sagts. Men de hade förlorat sin gåtfullhet.

Var det längesen? Pågick det ännu?

På vägen hem tänkte hon på att hon hatat den storkäftade fiskaren och att hon skämts för det och försökt bedja: Fader vår, förlåt mig alla onda tankar.

Sen tänkte hon att hon inte skulle ha gått till mötet, att hon borde ha vetat bättre. Hon hade behövt många år för att glömma och kom inte längre ihåg Hans ansikte, inte händerna, inte ens ögonen eller munnen som formade de märkvärdiga orden. Även nätternas sötma hade hon trängt bort ur minnet. Svårast var det med leendet. Det kunde drabba henne när som helst i vardagssysslorna.

Det var grannfrun som sagt att en profet från den nya sekten skulle tala på torget i den judiska stadsdelen.

– Jag är nyfiken men törs inte trotsa min man, hade hon sagt.

– Jag är också nyfiken på de nya svärmarna, hade Maria svarat. Och dragit munnen till ett bittert leende och tänkt på Simon Petrus som tre gånger förnekade Herren.

När hon lagade sin frukost överväldigade nyfikenheten henne, växte till tvång: Jag går, jag tar den svarta manteln som döljer allt och en slöja över ansiktet. Ingen kommer att känna igen mig.

Det hade gått bra, man hade inte lagt märke till henne, en svart kråka bland andra kråkor.

Natten efter mötet kunde hon inte sova. Inte gråta heller trots att det var sorgen som plågade henne. Och hjärtat som slog som om det hade för avsikt att gå i bitar.

Hon reste sig, prövade att gå över golvet. Men benen bar inte. Ett tag försökte hon blåsa liv i det gamla hatet mot Simon och alla de förbannade fiskarna. Och mot Jesus själv, Han som föredrog en grym död framför ett liv med henne.

Men hennes bitterhet var tömd.

Plötsligt stod minnet i glasklart ljus över hennes sista möte med lärjungarna i den mörka salen i Jerusalem, dit mannen med vattenkrukan fört dem. Solen letade sig in genom de höga fönstren och vävde strålar av lysande damm genom luften. Ord föll på ord. De bad henne: "Ge oss de ord han talade med dig och som vi inte känner."

Nu kunde hon se att männen grät. Så egendomligt att hon glömt deras förtvivlan, tänkte hon. Sen hörde hon sin egen unga röst.

"Jag såg Herren i en vision och hälsade honom. Han sa: 'Välsignad är du som inte räds vid åsynen av mig. Där ditt sinne är finns skatten.'"

Hon var så ivrig att hon inte märkte att männen runt bordet mulnade. Oförtrutet fortsatte hon att berätta vad han sagt:

"Var vid gott mod, Människosonen finns inom er. Följ honom, den som söker honom kommer att finna honom. Forma inga levnadsregler om detta som jag uppenbarat för er. Skriv inga lagar så som lagskrivarna gör."

Hon talade länge ännu, om döden, om allt det som människan måste övervinna medan själen ännu är i kroppen: vreden, begären och okunskapen. Hon återgav ett samtal mellan kropp och själ: "Kroppen säger: 'Jag såg dig inte.' Och själen svarar: 'Jag såg dig. Men du varken såg eller kände mig.' Jag frågade Honom: 'Vad är världens synd?' Och Han svarade mig: 'Det finns ingen synd i världen. Ni skapar den när ni förfalskar verkligheten.'"

Det var i det ögonblicket Simon Petrus ropade: "Detta är egendomliga läror." Sen vände han sig till de andra. "Jag tror inte att Herren sagt dessa ord. Varför skulle Han tala i enrum med en kvinna och inte öppet med oss."

"Min broder Petrus. Tror du att jag skulle ljuga om Herren?"

Till slut, här i sängen i sitt rum i Antiochia, kunde hon gråta. När det första gryningsljuset färgade himlen sov hon, en orolig sömn splittrad av bilder från vandringarna kring den

11

blå sjön. Dagen var långt liden när hon vaknade och kände tyngden, jag har stenar i magen.

Men hjärtat slog som det skulle och hennes huvud var klart.

Det var nu hon tänkte att hon måste gå hela vägen tillbaka, bryta sig fram på igenvuxna stigar, brännas av nässlor och piskas av sly.

Hon steg upp, när hon tvättade sig anade hon Hans leende. Han uppmuntrade henne!

– Men jag är bara en människa, sa hon högt.

Sen satte hon sig till bön och riktade den direkt till Människosonen.

"Jag har äntligen förstått att du älskade mig med den kärlek som omfattar alla. Det var lärjungarnas ständiga tal om vem du älskade mest som förvirrade mig.

Du älskade. Och kanske kände du tacksamhet mot mig för att jag lärde dig kroppens kärlek och därmed ökade din kunskap om människans villkor. Din mor försökte tala med dig om livets ofrånkomliga grymhet men du lyssnade inte. Mig lyssnade du på. Med kroppen.

Gud i himlen så ensam du var.

Jag bidrog ändå till att göra dig till människa. Men skuggvärlden lärde du inte känna förrän du var framme vid korset.

Jag minns att du ofta var förvånad: 'Hur kan ni se flisan i er broders öga och blunda för bjälken i ert eget.'

Jag kunde ha talat om det för dig, hur stor rädslan är. Men jag var bara tjugo år. Och hora."

Maria hade mycket att göra. Leonidas skulle komma hem i dag, smutsig, trött och hungrig. Hon satte den stora vatten-grytan på elden och hämtade vatten. Som vanligt vid brun-nen sände hon en tacksam blick mot bergen i söder där Daphnes källor sprang ur klipporna och försåg staden med ett överflöd av klart, friskt vatten.

På eftermiddagen väntade de hans syster, hon skulle kom-ma med räkenskapsboken, de två skulle sitta vid stora bor-det och föra in resans alla utgifter och inkomster.

– Gud give att handeln gått bra, sa Maria. Men orden var mest vanemässiga, en onödig besvärjelse rakt ut i luften. Hon tyckte om sin svägerska men fruktade hennes ögon som oförsynt såg rakt igenom en.

Maria Magdalena hade mycket att dölja.

Hon borde ha gått till marknaden i går. Nu fick hon skynda till torget och där hade hon tur, ett stort stycke färskt lamm-kött, några rökta fiskar och korgen full av grönsaker och frukt. På hemvägen gick hon förbi synagogan och önskade ett ögonblick att hon kunde gå till rabbi Amasja och berätta sin historia. Men det var en förflugen tanke.

Sen mindes hon att grannfrun sagt att Simon Petrus och hans följeslagare bodde hos rabbinen. Då drog hon ner hu-vudduken över pannan och skyndade på stegen.

Hon hann få sitt hus rent och fylla sina krukor med blom-mor från trädgården. Till sist gav hon sig tid att kamma det långa håret och fästa flätan i en krona på huvudet. En gylle-ne krona, hon var stolt över sitt hår. Men hon blev bekymrad när hon såg i spegeln hur vidöppna hennes ögon var, omgivna av mörka skuggor.

När Leonidas kom doftade huset av kryddor, blommor och nystekt lamm, han drog in dofterna och skrattade högt av glädje. Som vanligt tog han båda hennes händer i sina och sa:
– Varje kväll under resan försöker jag minnas hur vacker du är. Men jag har klen fantasi och du överträffar alltid mina bilder.
– Tok. Jag börjar bli gammal.
– Du kan inte bli gammal.
– Kärlekens ögon, sa hon och log. Men i nästa stund hade han sett de mörka ringarna runt ögonen.
– Maria, det har hänt dig något.
– I kväll, sa hon, i kväll måste vi ha ett långt samtal. Nu skall du bada och äta. Sen kommer Livia.
Han stönade.
När han kom upp ur badet såg hon sånt hon inte ville se. Att han hade åldrats, att hans smidiga kropp långsamt förlorade sin spänst. Och att det mörka håret hade slingor av vitt.
De åt, köttet var mört och vinet tungt och rött.
– Du hinner sova en stund innan din syster kommer.
Han nickade tacksamt och försvann in i sovrummet. I nästa stund hörde hon honom snarka.

När Livia kom stod Maria mitt i disken och svägerskan sa som så ofta:
– Jag kan inte begripa varför du inte köper dig en slavflicka.
Maria hade orden på tungan men slöt munnen. Livia skulle inte förstå: "Tjäna varandra." Sen sa hon:
– Vill du ha en bägare vin.
– Tack, men jag skall hålla huvudet klart. Ge mig i stället av drycken du brygger på örter.
De satte sig i trädgården med var sin bägare, såg på varandra: Hon åldras inte, tänkte Livia. Hon är lika ung som

14

den dagen hon kom. Lika ljus. Mörkblå ögon, ändå så klara att de tydligt speglar det goda förståndet som är gudarnas gåva till henne. Men hon använder det sällan, går här bara innesluten i sin egen kraft.

Egentligen är hon inte vacker, hennes näsa är lång och hennes mun liten i det smala ansiktet. Och den avslöjar i varje skiftning hennes sårbarhet, i egendomlig motsättning till blicken som är så stark och genomskådande.

En flock vita storkar flög på svarta vingar över trädgården på väg mot germanernas kalla vatten långt uppe i norr. Livia följde dem med blicken, så fria, tänkte hon.

Sen såg hon forskande på Maria.

– Du ser trött ut?

– Jag sov dåligt i natt.

– Du kände dig ensam?

– Ja, sa Maria, lättad för att hon inte behövde fara med osanning.

Och Livia tänkte: Hon svarar beredvilligt på alla frågor och lyckas dölja allt bakom sina enkla ord. Hon ljuger inte, till det är hon för intelligent.

Ändå har hon stora hemligheter.

En skara flamingos skränade över hustaken och färgade himlen rosa. Nu var det Maria som såg efter fåglarna och sa:

– De här slog sig ner i floden.

Livia fortsatte att grubbla över sin svägerska.

Kanske är det hemligheterna som ger henne styrkan, kanske skulle vi alla ha större kraft om vi ägde ett stycke inre land dit ingen hade tillträde.

Hon suckade, själv var hon som en upprullad bok.

Nu såg hon att mörkret kring Maria var tyngre än vanligt. Livia hade länge vetat att svägerskan hade svåra minnen. Leonidas hade berättat om föräldrarna, fadern som korsfästes som upprorsman och modern och bröderna som knivhöggs till döds.

Judar. Livia tänkte på det halsstarriga folket, de som var fräcka nog att hävda att det bara fanns en gud och att han var deras.

Fanatiker.

Men Maria verkade inte särskilt judisk, hon var uppseendeväckande vithyad och blond. Och så dessa ögon, lysande blå som gentianan när den blommar i bergen om våren. Hon gick i synagogan, någon gång. Men om hon var religiös så var det en mild tro hon hade.

– Det finns en profet i stan, en jude som värvar folk till en ny religion, sa Livia. Har du hört talas om honom?

Maria slapp svara för nu stod Leonidas på tröskeln. Men både han och Livia såg att Maria miste ansiktsfärgen och att hon vacklade lite när hon reste sig från bordet.

– Ni får förlåta mig, sa hon. Jag fick huvudvärk.

– Men snälla, gå och vila.

Leonidas följde henne till sängen, han såg orolig ut.

– Vem, viskade han.

– Simon Petrus.

– Vi talas vid i kväll.

Men det blev inget samtal den kvällen. Leonidas och Livia hade beslutat att gå till torget för att lyssna på den nye profeten.

– Jag måste ju få se honom.

– Var försiktig så att inte han eller hans följeslagare känner igen dig.

– Du går inte med?

– Nej, jag orkar inte … en gång till.

– Du var där i går?

– Ja.

Livia hade åkt hem för att klä om sig. Liksom Maria valde hon svarta kläder och stor huvudduk. När hon kom för att hämta dem fick hon beskedet att Maria fortfarande kände sig dålig.

– För övrigt är hon inte intresserad av svärmiska profeter, sa Leonidas och Livia tänkte att hennes bror inte var lika klok som sin hustru. Han ljög i onödan.

Det var sen natt när Leonidas kom tillbaka. Maria sov, själv kunde han inte somna. Allt det otroliga han fått höra snurrade i hans huvud, fantastiska bilder flätades samman till en otrolig legend. I gryningen gick han till hennes rum:
– Nu måste vi tala.

Hon var mindre tung än kvällen före men hjärtat fladdrade som om det gick tomt i bröstet.

Leonidas var upprörd och fylld av vrede, hon kunde se det i hans ögon. Simon Petrus hade utvecklats till en stor lögnare, sa han. Lärjungen hade berättat en historia full av magiskt nonsens från olika religioner.
– Hur då?
– Du skall få höra. Jesus föddes av en orörd jungfru och avlades av Gud själv.

Han skrattade:
– Judarnas gud har tydligen börjat bli som grekernas Zeus, svårt begiven på jordiska jungfrur. Jesus själv kom till världen i ett stall i Betlehem, det står nämligen i någon gammal profetia att Messias skall födas där. Vidare är han en ättling i rätt nedstigande led till kung David, en släkt som dog ut för många hundra år sedan.

Han tystnade, tänkte efter innan han fortsatte:
– Somliga av dessa legender är hämtade från judarnas skrift, annat är vidskepligheter från andra religioner. Allt vävs samman till en fantastisk myt för att bekräfta att Jesus var en gud som av barmhärtighet lät sig födas bland människorna.

Maria var egendomligt nog inte förvånad. Han såg på henne och sa utmanande:
– Hörde du honom någonsin säga att han var Messias?
– Nej, nej. Han kallade sig Människosonen. Jag kände hans mor, en god jordisk kvinna. Hon var änka efter en timmerman i Nasaret, hade många barn och ett hårt liv.

17

Leonidas stönade innan han fortsatte:

– Efter tre dagar steg Jesus upp från de döda. Som Osiris, Isis make. Också hon födde som du vet en gudason.

Maria var inte intresserad av Osiris.

– Såg lärjungarna Jesus i en syn?

– Nej, han var kroppslig, de kunde känna ärren efter såren han fick på korset. Efter fyrtio dagar for han till himlen och snart skall han komma tillbaka för att döma oss alla.

– Jesus dömde aldrig, viskade Maria. Han dömde ingen, varken publikaner, horor eller andra stackare.

Leonidas lyssnade inte, fortsatte:

– Enligt Petrus dog han för våra synders skull. Vi skulle renas av hans blod. Han offrade sig som ett försoningslamm, ett sånt som judarna slaktar i sitt blodiga tempel.

Hon försökte lugna hjärtat. Sen mindes hon:

– Själv sa han att vi måste ta vårt kors och följa honom.

De satt tysta en god stund innan Maria återtog:

– Han valde sin död, det är sant. Men människorna förstod honom inte. Inte då, inte nu.

Hon såg på Leonidas som var så säker i sina uppfattningar. Själv var hon utan åsikt men tänkte att om man sökte förstå Jesus var det alls inte konstigt att man tog kraft av alla de drömmar som världen drömt sen tidernas begynnelse.

Sen mindes hon den gamla bönen som hon hört som barn i synagogan i Magdala och som handlade om Honom som skulle komma för att uppväcka de döda, stödja de fallna, bota de sjuka, befria de fångna och visa sig trofast mot dem som sover i stoftet.

– De kallar sig kristna och får anhängare överallt, sa Leonidas. Med legendernas hjälp kan de bli framgångsrika.

De satt återigen tysta.

Till slut vågade Maria tala om de tankar hon haft under den svåra natten: att hon skulle gå tillbaka i minnet, återge varje ord och varje handling från vandringsåren med Människosonen.

Leonidas blev ivrig:

– Skriv, skriv ner allt du kommer ihåg. Du var ju ändå den som stod honom närmast och kände honom bäst.

Maria skakade på huvudet och tänkte att ingen hade känt Honom, att var och en av Hans följeslagare hade förstått Honom på sitt sätt.

– Det blir svårt, sa hon. Han var för stor för oss.

Mot kvällen gick de som uppgjort var till Livia som bjöd sin bror på välkomstmiddag. De tog vägen om den ståtliga Daphneporten och medan Leonidas gick för att kontrollera att hans varor passerat tullen klättrade Maria uppför den branta trappan i stadsmuren för att se ut över det väldiga karavanlägret. Tusentals bodar och tält sträckte sig över slätten tills de försvann mot horisonten. Hundratals kameler vaggade i gränderna mellan tält, bodar och myllret av människor i exotiska färgstarka klädnader. Avståndet var för stort för att hon skulle höra vad de skrek till varann. Det gjorde detsamma, hon visste att hon inte skulle förstå de främmande tungomålen.

Maria lät blicken vandra åt väster, den följde den långa befästningen, sten på sten, ut mot havet och hamnstaden Seleukia. Hon såg fattigkvarteren klänga mot muren och tänkte på de utslitna och druckna männen, hororna som försökte överleva genom att sälja sin kroppar, barnen som tiggde och rotade i avfallet från skeppen.

Det var en outhärdlig värld och hon vände beslutsamt blicken åt andra hållet. Där kunde hon ana karavanvägen över bergen. Den skulle långsamt, dygn efter dygn, slingra sig österut mot Eufrat och vidare in mot Parterrikets hjärta.

När Leonidas kom för att hämta henne var han belåten, allt hade gått som han förväntat. Men han muttrade som vanligt över de höga tullkostnaderna.

Livia bodde vid stranden av Orentes, inte långt från flodön,

19

där selukiderna byggt sitt palats. När de satte sig till bords kunde de höra sorlet från den trögflytande floden och se kvällens fåglar slå sig ner längs stränderna och söka nattläger. Livias dotter och hennes man fanns med. Maria hälsade med stor värme på Mera, en ung kvinna med ett tillitsfullt gudsförhållande. Hon dyrkade Isis och var dagligen försänkt i bön framför den stora gudinnans sten i templet.

Som alltid hos Livia var maten utsökt. Det hjälpte inte Leonidas, han var kort i sinnet och grusig i ögonen.

Men hans syster var uppfylld av gårkvällen och imponerad av Simon Petrus. Hon talade i stora ordalag om den kraft som utgick från mannen.

– Det måste ju ha varit en märkvärdig människa, den här unga profeten i Palestina, sa hon. Jag tyckte att det fanns något rörande i berättelserna om hans dygder, något oskuldsfullt.

Maria blev förvånad, så detta hade Livia hört. För ett ögonblick var hon frestad att anförtro sig, men Leonidas blick hejdade henne. Och i nästa stund fortsatte Livia:

– Hans lära har såvitt jag förstår stor likhet med Orpheus'. Och de här nya kristna liknar ju många andra brödraskap av slavar och fattiga runt om i romarriket där alla är likgiltiga för deras lidande.

– Du glömmer att dessa slavar och fattiga är ett farligt flertal, sa Nikomakos, hennes svärson.

– Men han var ju ingen revolutionär, den unge profeten.

– Han korsfästes i varje fall som upprorsmakare.

Livia lyssnade inte utan återtog:

– På mig verkade det som om han, vad var det nu han hette, jo, Jesus, vägrade inse att människorna i grunden är onda. Han var naiv.

Maria ville ropa att Jesus var mycket större än Livia någonsin kunde förstå. Men hon tvingade sig till tystnad och mindes att hon själv haft liknande tankar: "Hans ljus var så starkt att han hade svårt att se klart."

Simon Petrus stannade ytterligare några dagar, talade på de ståtliga offentliga torgen i Antiochia. Han var framgångsrik, den första stora kristna församlingen utanför Jerusalem grundlades.

Men Maria gick inte på hans möten.

Maria hade svårt att minnas. Dag efter dag blev hon sittande framför den tomma papyrusrullen.

– Bry dig inte om ordningsföljden, sa Leonidas. Börja med en händelse när helst den inträffade.

Hon försökte återigen fånga scenen i huset i Jerusalem, då när Simon Petrus försköt henne. Nu kom hon ihåg att det var Andreas, Simons bror, som så snart hon slutat tala hade sagt:

"Det är underliga läror du förkunnar. Och jag tror dig inte."

I nästa stund sa Simon de föraktfulla orden att Jesus inte talade i enrum med en kvinna. Men nu mindes hon att där också fanns en annan röst:

"Du är hetlevrad, Simon. Nu kämpar du mot kvinnan som mot en fiende. Om Frälsaren fann henne värdig, vem är du att fördöma henne. Han kände hennes väsen och kunde därför delge henne kunskaper som vi inte skulle ha förstått."

Han sa det, den milde Levi hade sagt det. Varför hade hon glömt de orden?

Nu lät Maria stoltheten fylla hjärtat, gick ut i trädgården och gladdes åt varje blomma.

Vad var det Han hade sett hos henne?

Den oerhörda frågan om vem Han var skulle aldrig bli besvarad, det visste hon. Vad hon kunde göra var endast att ge sitt vittnesmål om det obegripliga så som hon förstått det. Men för att göra det måste hon veta vem hon själv var. Hon skulle inte följa Leonidas råd, hon skulle börja från början.

Hon föddes i Magdala vid stranden av Gennesarets sjö. Det var en fattig by, folket tog sin bärgning av magra åkrar. Och ur sjön som var rik på fisk. Får och getter betade i de torra bergen. Maria var inte fem år fyllda när hon sattes att vakta djuren i branterna runt byn. Modern varnade, hon fick inte gå in bland träden som växte högre upp på sluttningarna. Där under terebinternas kronor och bland de gamla ekarnas grå stammar lurade de vilda hundarna och den skrattande hyenan – lystna på människokött.

Maria var ett lydigt barn men det hände att hon trotsade förbudet. Hon drogs mot skogen. Det var stilla och högtidligt i den skimrande grönskan under träden. Där bodde Gud, det förstod barnet.

Det talades ofta till Gud i hennes hem. Varje morgon om vintern hörde hon fadern tacka den allsmäktige: "Lovad vare du Herre, Värdsalltets Konung, för att du inte har skapat mig till kvinna." Och moderns röst svarade: "Lovad vare du Herre för att du har skapat mig enligt din vilja."

Fadern såg aldrig på flickan, såg förbi henne eller igenom henne som om hon inte fanns. Hon var rädd för honom, det stod ett mörker kring hans grova gestalt och hans slutna ansikte med den hårda blicken.

Det var en lättnad när våren kom, inte bara för värmens skull och blommornas. Det slog aldrig fel, när den lätta vinden vaggade de röda anemonerna i sluttningarna gick fadern sin väg och en stor frid sänkte sig över hemmet. "Vart reser han?" Moderns svar var alltid detsamma: "Upp i bergen." Hon sa det med munnen hopknipt som om hon ogärna ville släppa fram orden och flickan förstod att hon inte skulle ställa fler frågor.

Men också modern var ljusare till sinnes sedan mannen försvunnit. Inte så att hon visade det för någon, det kanske bara var Maria som kände till hemligheten. När de två gick till brunnen för att hämta vatten kunde det hända att de stannade på vägen och såg upp mot bergen där oleandern blommade skär bland kaprifol och ginst. Om barnet bad vackert kunde hon förmå modern att läsa utantill ur Skriften:

"Ty se vintern är förbi, regntiden är förliden och har gått sin kos. Blommorna visa sig på marken, tiden har kommit då vinträden skäras och turturduvan låter höra sin röst i vårt land. Fikonträdets frukter begynna att mogna, vinträden stå redan i blom, de sprida sin doft …"

Sen log de två mot varandra.

Marias familj ägde ingen fiskebåt och inga vinodlingar. Men man hade en rikedom, byns största fikonträd växte utanför dörren till deras hus. Det välsignade trädet med sina tusentals gröna fingrar skänkte skugga åt människorna under den heta sommaren. Det var givmilt mot de fattiga, gav två skördar om året. Milda vårar kunde de första söta fikonen mogna redan till påskhögtiden. Mot vintern, innan regnstormarna kom, var frukten som växt på årsskotten mogen och plockades varsamt, nästan högtidligt, ner från trädet.

Modern födde ett barn varje sommar, fyra söner på lika många år. Födslarna kom alltid olämpligt, mitt i skörden. Hon födde utan jämmer och stod på åkern igen efter några dagar, nu med ett nytt barn i en påse på ryggen. Grannarna hjälpte henne efter förmåga, men först sen den nya sonen blivit omskuren.

Det var när den sistfödde låg i feber efter omskärelsen, svårt plågad och omskött av Maria, som hon för första gången tänkte att det inte bara var fadern som såg bort från henne, nej, grannarna, ja, till och med moderns bror uppträdde som om hon inte fanns. Nu hade hon ju förstått att det var en förbannelse att vara född till flicka, därtill förstfödd.

Men också att det inte var hela förklaringen till att hon blev främling.

Så var det detta med huvudduken. Andra småflickor fick släppa ner duken när vinden svalkade arbetet på fälten. Inte hon. Varje morgon så snart modern rullat ihop sovmattorna borstade hon Marias hår, knöt samman det i en hård fläta och drog duken tätt runt det lilla huvudet. Till sist en fast knut under hakan, så sinnrik att barnet omöjligt kunde få upp den.

Flickan skämdes för sitt hår. En gång när hon var ensam bland fåren lyckades hon lirka ner duken över axlarna och dra en länk av håret ur flätan. Hon blev rädd, såg till sin förfäran att hennes hår var onaturligt, gult som det mogna vetet. Sen den dagen klagade hon inte längre på huvudduken, tvärtom hjälpte hon till att dra knuten hårdare och skjuta fram duken i pannan så långt att hårfästet doldes.

Modern suckade om morgnarna när hon flätade Marias hår. En dag sa hon att det tjänade lite till med huvudduken så länge de inte kunde dölja flickans ögon.

– Vad är det för fel på mina ögon?

– De är vackra, sa modern och rodnade. Blå som irisen på ängarna om våren.

För ett ögonblick anade Maria en förnekad längtan i moderns röst. Det var egendomligt men hon förstod att den på ett hemlighetsfullt sätt hörde samman med henne och bandet mellan de två. Ingen annan kunde se det men Maria visste att hon var det barn som modern älskade mest. Hon var den som i smyg fick en bit av det nybakade brödet. Och ibland när de var ensamma i stallet gav modern henne det feta övre lagret av mjölken.

Nu kände hon sig tröstad, hon hade vackra ögon. Men redan samma eftermiddag började hon i smyg att se in i de andra barnens ögon. En del var så mörka att man inte kunde urskilja pupillen, men de flesta var bruna i skiftande nyanser. En och annan hade ljusare blick, en hade rent av grå ögon. Det var en pojke, hon iakttog honom noga och fann att också hans hår var ljusare än de andras. Inte lika äckligt gult som hennes. Men när solen lyste på hans huvud kunde det blänka som silver.

En enda gång såg hon en man med blå ögon. Det var när en romersk trupp red genom byn och människorna tryckte i sina hus, bleka av förbittring och rädsla. Ryttarna strök tätt intill husen och Maria som kikade fram bakom en stötta i stallet mötte plötsligt blicken hos en ung soldat. Hans ögon var blå som himlen och under hjälmen kunde hon skymta håret – gult som hennes.

Mötet varade bara ett ögonblick men gjorde djupt intryck på henne. Hon liknade de hatade främlingarna!

En tid efteråt kom hon att lyssna till ett samtal mellan Abiatar i grannhuset och en av hans söner. De talade om romarna som ridit genom byn och om de judiska upprorsmännen som samlades i allt större skaror i bergen för att öva sig i krigskonsten. Den unge ville dit:

– Gud vill att hans folk skall bli fritt.

– Det är bara galningar som följer Judas galilén upp i bergen. Tokar som Barak, som lämnar hustru och barn vind för våg och inbillar sig att vi kan kasta ut romarna.

– Men Gud vill …

– Gud vill att Hans folk skall lida och vänta. När Han finner tiden mogen kommer Han att ge oss ett tecken. Och det har Han inte gjort, inte nu och inte före de andra krigen heller. Här sker inga under.

Han höjde rösten, skrek:

– Upproren leder till slakt, kvinnor och barn mördas, åkrar

26

och byar bränns. Och hjältarna från bergen korsfästs.

De sista orden spottade han ut med en stämma som dröp av hån. Sonen teg när de gick vidare och Maria vågade sig fram ur snåret där hon lyssnat. Hon sprang på snabba fötter till modern som just tände oljelampan.

– Mor, skall det bli krig?

– Var har du hört det?

– Är far en krigare som övar i bergen?

Modern hade aldrig burit hand på Maria, nu slog hon henne hårt i ansiktet.

– Maria, detta är farligt tal. Aldrig, aldrig få du föra det vidare, inte till en enda människa.

Maria gned sin kind, hennes ögon sprutade tårar och modern besinnade sig.

– Låt oss be för freden. Men först skall du lova mig vid Guds heliga skrift att aldrig mer ta sådant tal i din mun.

Barnet grät och lovade. Men under bönen satt hon tyst och bakom hopknipna ögon tänkte hon att det måste vara sant det Abiatar sagt till sin son: "Kvinnor och barn mördas, åkrar och byar bränns. Och hjältarna från bergen korsfästs."

Varför skulle modern annars be så förtvivlat.

Nästa dag var Abiatars äldste son försvunnen och barnet kunde se rädslan i människornas ansikten. Men de teg som om det var farligt att tala om faran. Tystnaden lägrade sig över byn och i skydd av den växte agg och misstänksamhet. Folk hälsade på varandra men stannade inte längre för att byta ord.

Modern hade alltid varit ensam, nu stötte man ut Baraks hustru ur gemenskapen.

En dag mötte flickan den gamle herden, en enstavig man som sällan öppnade sin mun. Han drev sina får förbi hennes, kastade en blick på barnet och sa:

– Jaha. Det har hänt förut och det kommer att hända igen.

27

Nyheter kom smygande till byn. Några fördes dit med herdarna som mött andra herdar i bergen. Men de flesta kom med båt, främlingar som flytt med fiskebåtarna över sjön. Några talade om segrar, framgångsrika bakhåll. Men deras ord var vaga och deras ögon utan hopp. Andra berättade om stora slag och tusentals korsfästa judar.

Den enstavige kom ner från bergen och sa att den romerska generalen Varius, guvernör i Syrien, var på väg med två legioner. Den ena hären gick runt sjön och angrep söderifrån, medan den andra valde vägen över bergen i norr.

– Vi blir krossade mellan två väggar, sa herden.

Maria lyssnade utan att förstå.

Några dagar senare när hon skickats till stranden för att köpa fisk skrek en gammal fiskare åt henne att försvinna, hon orenade fångsten, skrek han. Hon kom hem med slanten hårt knuten i handen och kroppen stel av skräck.

– Jag orenade deras fisk.

Modern slöt sig som berget, men äldste brodern, fem år fyllda, ropade med hög röst att Maria drog skam över familjen.

– Alla säger att du är oren, en syndig horunge, skrek han men då gick modern ut ur sin förstening:

– Om Maria är en horunge är jag en hora, sa hon och rösten var hård och ögonen brann av vrede när hon skakade pojken och fortsatte:

– Har du glömt hur Gud dömer den som inte hedrar sina föräldrar?

Maria som inte visste vad en hora var förstod från den stunden att allt ont som drabbade familjen var hennes fel. Det var nu hon fattade beslutet att rymma.

Under nätterna som följde samlade hon krafter. Hon skulle invänta den månlösa natten och gå i mörkret till den nya staden som Herodes Agrippa lät bygga till den romerske kejsarens ära. Herodes kallade den Tiberias och judarna Syndens stad.

Maria grät ibland, men bara lite och bara när hon tänkte på sin mor.

Så kom då till slut natten utan måne. Det var svårt att sätta fötterna rätt i mörkret, hon föll några gånger, skrapade knäna, torkade av blodet med manteln som hon kastat över axlarna. Förfärad insåg hon att hon bara kommit ett kort stycke på väg men ändå måste ta rast i väntan på gryningen. Hon skakade av kyla men det var inte den som höll henne vaken. Nej, det var de egendomliga ljuden som fyllde natten.

Satans änglar, tänkte hon. Då är det sant att Lucifers anhang vrålar bland bergen den natten när månen vilar sig.

Sen hörde hon hur hästhovar sparkade i bergen, hundratals hästar. Och lite senare slamret från svärden som möttes, vrålen från männen som klöv varandras hjälmar, kommandoropen, segertjuten.

Först då förstod hon att kriget var över dem.

Hon måste hem till mor.

Maria sprang som hon aldrig sprungit förr. Himlen lyste röd i norr, det kunde inte vara gryningen.

Det brinner i Seoforis.

Nu kunde hon skymta de första husen i Magdala och där var mörkt och lugnt. Men hon hejdade sig utanför dörren och hörde förvånad faderns röst, ilsken och skrovlig:

– Du tiger, kvinna.

– Försvinn i bergen. De jagar dig och du leder dem rätt mot mig och barnen. Försvinn!

– Har du glömt vad Skriften säger om kvinnan som sätter sig upp mot sin man?

Han skrek som om han blivit galen, så högt att han överröstade klappret från hästarna i den romerska truppen. Men Maria hörde, hann inte tänka men försvann med blixtens fart. Huset hade bara tre murade väggar, den fjärde var berget som det lutade sig mot. I bortre hörnet fanns en smal öppning mellan berg och vägg. Och en stege till taket. Hon tog sig halvvägs upp, visste att gryningen var på väg och att hon skulle synas på taket.

Där blev hon stående, klämd mellan bergväggen och stegen. Det fanns en springa, hon kunde se ner i rummet hur soldaterna slog in dörren, skrattade, slog fadern över ansiktet och band honom, rep för rep, från fötterna upp över buken, bröstet och armarna.

Han såg ut som en stor fisk, en sån som man snör ihop innan man röker den.

– Till korset med dig.

Det var en grek som talade bruten arameiska.

Sen fick soldaterna syn på kvinnan och de små barnen.

– Låt dem vara.

– Nej, vi skall utrota judarna som man gör med ohyra.

Maria blundade hårt när de skar halsen av modern och bröderna och sen fanns det bara en tanke hos henne. Hon ville dö.

Men hon visste inte hur man gjorde. Hon fortsatte att blunda, sen kände hon brandröken.

De hade satt eld på huset.

Utan att tänka och utan att egentligen vilja det flydde Maria, upp mot berget där hon fann den gamla getstigen, sprang, sprang.

I sitt hus i Antiochia satt Maria Magdalena och ansträngde sig till det yttersta för att återskapa de svåra bilderna. Vad är sant, vad är dikt, var går gränsen? Hur mycker kan en människa minnas utan att gå sönder?

Fler minnen hade hon inte, hon hade blundat och sprungit.

Och blundat hade hon fortsatt med, alla år hos Euphrosyne. Men hon hade varit rädd för nätterna då det glömda kunde dyka upp ur mörkret.

I stort hade hon ändå lyckats med sin föresats: aldrig minnas. Ända tills hon mötte Honom som sa: "Endast sanningen kan göra er fria."

Sanningen? Hon såg på rullen där hon skrivit sin barndomshistoria. Och frågan återkom: Hur mycket var sant?

Hade hon förgyllt barndomen? Nej, också den svåraste uppväxt har ljusa minnen. Barnet behöver ju så lite, sol som leker i trädens kronor, ett nyfött lamm som sover i famnen men också rörelsernas glädje, hopp över stenar och spring över berg.

Hade hon förstorat främlingskapet?

Det trodde hon inte, hon kunde ännu känna skammen för det gula håret och de blå ögonen. Och föraktet som mött henne.

Hon läste än en gång igenom det hon skrivit, tänkte som hon tänkt om Jesus: så ensam hon var.

Men nu kunde hon också se att det var ett starkt och livskraftigt barn, den där flickan i Magdala.

31

Mor.

Hon hade bemödat sig, rådbråkat minnet för att komma ihåg moderns namn. Förgäves. Moderns leenden kunde hon minnas, det var väl för att de var så sällsynta. Men de starkaste bilderna visade moderns sorg. Och trötthet. Kroppen som sögs ut av havandeskapen, kroknade och förlorade sin skönhet.Och så den knutna handen som pressades mot ryggen för att lindra smärtan.

Det var slaveri, tänkte hon.

Så hade hon naturligtvis inte sett det som barn. I hennes värld gällde Skriften, år och barn var kvinnans lott, livets gång och Guds vilja. Många av barnen dog, försvann som skuggor och glömdes. Liksom de mödrar som barnsängarna tog livet av.

Mor var sexton år när hon födde mig, tjugotvå när hon dog.

Maria var trött när hon gick för att lägga sig. Då hon stängde fönsterluckan såg hon att natten stod svart över bergen. Återigen den månlösa natten!

I kvällsbönen bad hon om sömn utan drömmar. Men hon blev inte bönhörd, hon drömde om Chua. Redan i sömnen kände hon en stor förvåning, en kvinna, hennes morbrors hustru, kom emot henne på fårstigen över berget, öppnade famnen för flickan, kramade henne och fick henne att skratta.

När Maria vaknade var hon ljus i sinnet. Av värmen i bilden, detta måste ha hänt. Nu gjorde hon drömmen tydlig, Chua var högrest och stolt, hennes bröst var runda, inte platta som utkavlad deg. Men så hade hon bara fött tre barn, två söner och en dotter.

Sen hade hon sluppit.

Det mumlades om henne i kvinnoskaran kring brunnen och vid bryggan där de hämtade sin fisk. Ett kvinnomummel till lika delar avund och fördömanden: hon blandade hemska örter och drack, konsten hade hon lärt av Lucifer, en hade rent av sett när någon av hans onda änglar besökte henne.

De sa att hon var högfärdig. Men hon var den enda som var snäll mot mor och mig. Maria kunde plötsligt minnas det mjuka pratet vid ugnen när de två kvinnorna gräddade sina bröd.

Nästa morgon när hon satte sig vid bordet och tog fram sina skrivdon tänkte hon att i fortsättningen fick hon till stora delar lita till Leonidas minnen.

Han hade blivit skadad under bataljen, greken och centurionen Leonidas. Det var inget svårt sår men det blödde kraftigt. Och han var tacksam för det, kände stor lättnad när han fick order att återvända till läkaren i Tiberias.

Han avskydde sin hantering men ännu mer de känslosvallande judarna med sina hårklyverier, sin förfärliga retorik och sin hemska stamgud.

Nu red han i gryningen så tyst han kunde genom det ogästvänliga landskapet. Skriken från de korsfästa ljöd ännu i hans öron när han plötsligt fick syn på barnet som sprang längs stigen, små snabba fötter och ett långt och sällsamt blont hår som flög som utslagna vingar från det lilla huvudet.

– Hallå där, vem är du?

Flickan stannade, såg med stora ögon på ryttaren. Blå ögon!

– Jag är Maria från Magdala.

Sen föll hon samman, han steg av hästen och tog barnet i sina armar. Det var ingen tvekan om att hon förlorat medvetandet, vad vid alla gudar skulle han ta sig till med henne? Hon hade talat arameiska, trots allt måste hon vara ett judiskt barn.

När han lyfte upp henne på hästen förstod han inte sin egen handling. En judeunge mer eller mindre, varför skulle han bry sig om det.

Sen visste han att det var något med hennes ögon.

34

En timma senare knackade han på porten till Euphrosynes glädjehus, vackert beläget vid sjöstranden i den nya staden. Hon öppnade själv, sa förvånad:

– Leonidas! Nog vet du att vi har stängt på förmiddagarna. Och någon ny pojke har jag inte hunnit skaffa åt dig.

– Hör på mig. Jag har hittat ett barn och jag vill att du skall ta hand om henne för min räkning.

Euphrosyne såg misstänksamt på honom.

– Henne, sa hon. Är det en flicka?

– Ja, och ett ovanligt barn. Jag skall betala för henne.

– Har du rymt?

– Nej, nej. Jag blev skadad vid bataljen och skickad tillbaka.

Han la barnet i Euphrosynes armar. Flickan sov, Euphrosyne drog undan manteln som hon var insvept i och sa häpet:

– Det var ett ovanligt barn.

När Maria hörde den ljusa kvinnorösten gick hon ut ur domningen, såg på den ståtliga kvinnan och tänkte att antingen var det en Guds ängel eller också en av Lucifers. Euphrosyne mötte barnets blick och tänkte i sin tur att aldrig hade hon sett ögon som liknade dessa.

– Jag litar på dig, sa Leonidas. Och jag skall betala dig väl.

– Gå och få dina sår omsedda.

Vid det här laget hade huset vaknat, unga kvinnor stod förundrade kring flickan och sa i mun på varandra: "Så söt, så bedårande. Och så smutsig!"

Maria sänktes ner i ett bad, varmt, mjukt vatten som luktade som blommorna om våren. Hon var inte rädd för vattnet men skämdes för sin nakenhet. Ända tills hon förstod att hon var i himlen och att där gjorde man så här med de orena.

Sen torkades hon med mjuka dukar och lades i en bädd. Den skrämde henne mer än badkaret, hon hade aldrig sovit i en säng. Hon fick ett stycke bröd med örtkryddad yoghurt på. Och varm mjölk, det var honung i den kunde hon känna.

Men också något annat, en bitter smak blev kvar på tungan när hon somnade.

Hon sov hela den långa dagen men vaknade fram mot natten av musik och skratt. Euphrosyne hade ställt barnets säng i sitt eget rum och satt den unga Mirjam att vaka.
– Hon måste ha någon att vända sig till när hon vaknar. Och du är den enda här som talar arameiska.

Mirjam var tacksam, hon hade fruktat för kvällen när de segerrusiga soldaterna skulle komma tillbaka från striden.

Men hon var trött, hon slumrade till då och då, sov till slut och väcktes av känslan att hon var iakttagen. Maria hade sett på henne en lång stund, ett fint judiskt ansikte, ädelt böjd näsa, röda läppar och ett långt brunt och lockigt hår. Just ett sånt hår som Maria alltid velat ha.

När Mirjam ruskade sig vaken låtsades Maria sova. Hon ville ha tid att försöka minnas var hon var. Och så måste hon fundera på varför den vackra flickan såg så sorgsen ut.

I nästa stund började hon gråta, förtvivlat. Hon ville skrika men kunde inte, det blev bara en viskning: "Mor, de dödade mor."
– Såja, såja, Mirjam torkade tårar och talade lugnande ord: Din mor är hos Gud, hon har det bra nu.
– Var är jag?
Mirjam tvekade men sa till slut som det var:
– I Euphrosynes glädjehus.
– Är det därför de spelar så vackert.
– Ja, det kan man säga.
– Men du är inte glad, du är sorgsen?
– Jag längtar väl efter min mor, som du gör.

En stund senare gjorde Mirjam något som hon antagligen skulle få bannor för. Hon kröp ner i sängen hos barnet, drog den lilla intill sig. När gryningsljuset skimrade över sjön fann Euphrosyne dem. De sov djupt båda två och Euphrosyne tog

36

tacksamt vara på möjligheten att få vila hon också. Det hade varit en besvärlig natt.

Huset sov tills solen nådde middagshöjd. Tystnaden bröts någon gång av en gäll kvinnoröst som jämrade eller bad till någon av Österlandets många gudar. Maria väcktes ibland av rösterna men slumrade snart in igen, ville inte, ville inte
Sen var det som om alla vaknade på en gång, skratt och skrik fyllde rummen, plaskandet av vatten och så allt oftare ropen på mat.
Vid alla gudar vad de var hungriga. Slavarna hade städat huset, det fanns inga spår av nattens sysselsättningar.

Några händelser skulle Maria aldrig glömma från denna första dag:
Det var en man som lagade maten!
Och så fick man äta så mycket man orkade.
De trugade henne:
"Ta mer av brödet, har du smakat på hönan, du skall få av bröstköttet, pröva färskosten, nej, den kanske är för stark för dig. Men här skall du få nåt du tycker om, fikonkaka med honungssås och torkade druvor."
För varje tugga hon tog fick hon beröm, duktig flicka.
Så fanns där andra underligheter, Maria var nära att sätta i halsen när hon upptäckte att kvinnan bredvid henne hade gult hår. Och blå ögon!
Sen såg hon att Euphrosyne själv var blåögd. Men det mest häpnadsväckande var hennes hår, glänsande rött som elden.
Alla var intresserade av barnet. När de förstod att flickan inte begrep deras språk ansatte de högljutt Euphrosyne:
"Hon får väl stanna, vi skall sy henne nya kläder, hon är så bedårande, vi skall lära henne ..."
Euphrosyne svarade undvikande, det var centurionen Leonidas barn, sa hon.
Kvinnorna skrattade, inte hade Leonidas, pojkälskaren, gjort en kvinna med barn!

37

– Nej, jag tror att han har hittat flickan i bergen på flykt undan striden.

Efter måltiden försvann alla ut i trädgården, Maria vid Mirjams hand. Bara Euphrosyne stängde in sig på sitt rum, för att räkna pengar och föra bok över nattens inkomster. Som så ofta hade hon bekymmer, en av flickorna hade misshandlats, Euphrosyne hade sett om hennes sår och sänt slavpojken efter doktorn.

När han kom var det lika bra att han fick undersöka barnet också, tänkte hon. Egentligen ville hon bli av med flickan, det här var ingen plats för ett barn. Men i samma stund kände hon att hon, liksom alla de andra i huset, hade fäst sig vid ungen. Det fanns något outsägligt tilldragande hos den lilla, på en gång ljust och hemlighetsfullt.

Nåväl, det är Leonidas problem, sa hon sig. Vill han ha kvar henne här får han vara beredd att betala en bra slant. Mirjam måste avdelas att ta hand om barnet, lära henne vettigt språk och anständigt uppträdande. Bordsskick bland annat. Fy, så illa hon åt.

Euphrosyne ägnade en stund åt att räkna ut vad bortfallet av Mirjams tjänster skulle kosta henne.

Den stora trädgården på sluttningen ner mot sjön tog andan ur barnet. Aldrig hade hon kunnat drömma om något liknande. Fåglar sjöng ur gröna snår, blommor av märkvärdigaste slag lyste mot henne, häckar höga som väggar bildade rum att gömma sig i, springbrunnar glittrade vatten över den konstfärdiga mosaiken. Nere vid sjön stod ett träd hon kände igen, en terebint, stor, tung av ålder och hemligheter.

Hon tyckte att den hälsade på henne.

Vackrast var ändå rosorna med sina tunga sidenhuvuden, vita, gula, skimrande rosa. Men de flesta var djupt och gåtfullt mörkröda.

Hon vågade en fråga:

– Vad heter blommorna?

Mirjam tvekade, hon kände inget ord på arameiska för rosor. Så kom det sig att ros blev det första grekiska ord som Maria lärde.

På väg upp från trädgården mötte de Euphrosyne, som förklarade för Mirjam att hon måste tala grekiska. Än så länge fick Maria fråga på arameiska men Mirjam skulle ge alla svar på grekiska. Mirjam ville protestera, det skulle inte gå. Men man sa inte emot Euphrosyne.

– Gå in nu och visa Maria runt i huset.

De båda flickorna tassade försiktigt i den stora salen där festerna hölls, som Mirjam uttryckte det Det var obeskrivligt fint, tyckte Maria, blommande mattor på golven, breda divaner och pallar på förgyllda ben. Väggarna var klädda med speglar, de skrämde och fascinerade barnet som hade lånat sin mors spegelskärva men fått lära sig att det var en styggelse att beskåda sin egen bild. Egentligen hade hon bara gjort det en gång, den dagen hennes mor sagt att Marias ögon var blå som irisen.

Här kunde hon inte vända sig åt något håll utan att se sin egen bild, hela kroppen, tydlig och klar. Och ansiktet, lång näsa, fånig mun och ett äckligt vitt skinn. Hon stirrade länge in i sina egna ögon och fann att de inte var blåare än Euphrosynes.

– Ser du nu att du är väldigt söt, viskade Mirjam på arameiska.

Men det såg inte Maria, nej, hon skakade på huvudet. Sen studerade hon noga Mirjams ansikte i spegeln och Mirjam själv. Nog var det märkvärdigt att de två var alldeles lika varandra.

Mot eftermiddagen kom där en gammal man och klämde på hennes kropp och såg noga på hennes ögonvitor. Hon blev inte rädd, han talade vänligt till henne på hennes eget språk och sa att hon var frisk som en nötkärna.

En stund senare infann sig Leonidas med armen i bandage och såg förtjust på det blonda barnet som fått en ny ljusblå livklädnad.

Plötsligt var han oresonligt glad åt sitt beslut.

Maria kände dunkelt igen ryttaren men vågade inte öppna munnen, rädd som hon var för att släppa fram all gråt som satt fast i halsen.

– Vi skall bli vänner, du och jag, sa han på sin konstiga arameiska. Jag skall bli din nya pappa.

Då kunde Maria inte hejda gråten längre, den sköt upp ur halsen som jämmer och fyllde ögonen med tårar.

Euphrosyne sa att nu går du för fort fram, och Leonidas kände sig som en klumpig oxe. Mirjam ingrep och berättade om allt Marias prat i sömnen och hur hon vaknat gång på gång av mardrömmar av hemskaste slag. Av det osammanhängande talet hade Mirjam förstått att hennes mor och syskon dödats.

– Fråga om hennes far.

Mirjam tvekade men ställde frågan och de fick se hur det lilla ansiktet hårdnade när flickan svarade:

– De tog honom och korsfäste honom.

Hon sa det inte men de såg att hon fann hans död rättvis.

– Hon måste ha varit rädd för honom, sa Mirjam.

– Du får vänta med att ta på dig farsrollen, sa Euphrosyne.

På kontoret en stund senare gjorde Euphrosyne och Leonidas upp. Han gick med på hennes villkor, han skulle betala för barnet och för den tid Mirjam måste ägna åt Maria. När hon hjälpligt behärskade grekiskan skulle han skaffa en lärare åt henne, hon skulle få grekisk utbildning. Och hon skulle lära sig att läsa och skriva även på latin, sa han.

Sen hejdade han sig innan han fortsatte:

– Hon får inte bli någon hora.

– Då får du ta henne härifrån innan hon får sin första blödning.

40

När han red därifrån gjorde han upp planer. Han skulle vara fri från den romerska tjänsten om några år och då skulle han återvända hem med en liten dotter.

Så häpna de skulle bli, släktingarna i Antiochia.

Som vanligt ägnade Maria en dag åt att granska vad hon skrivit. Hon kände en plötslig och oväntad ömhet för barnet som rycktes upp från en primitiv bondby och kastades in i en förhäxad värld.

Hur länge dröjde det innan flickan förstod?

Inte så länge, trodde hon. För det första var det Mirjam och hennes sorg, svart som avgrunden. Sen var det naturligtvis språket, barnet lärde snabbt som barn gör. Och hon lyssnade, alltmer förvånad och inte bara till de underliga skriken som skar genom hennes sömn om nätterna. Vid middagsmålet runt det stora bordet i köket utbytte kvinnorna åsikter om nattens gäster och upplevelser, klagade, skrattade, grät.

De föraktade och hånade männen som i jämn ström ringde i portklockan till huset. Varför? Maria förstod inte, det var svårt att lägga samman alla de historier hon fick höra.

Hon kom ihåg hur hon försökte fråga Mirjam, som svarade med att gråta, vrida sina händer och fly ur sovrummet där de lagt sig för att sova. Det var då Maria beslöt sig för att vakna mitt i natten och smyga ner till stora rummet på bottenvåningen för att själv se efter. Men där fångades hon in av Euphrosyne, fick en örfil och bars hårdhänt tillbaka till sitt eget rum.

Nästa dag hade Euphrosyne ett långt samtal med henne.

I sitt rum i Antiochia satt Maria och tänkte: I morgon skall jag försöka minnas vad hon sa.

De satt på var sin sammetsklädda pall i Euphrosynes kontor. Någon gång tog hon flickans hand i sin, annars var hon som alltid föga känslosam.

Hon började med att berätta om hur barnen kommer till, hur mannen för in sin lem i kvinnans slida och fyller den med säd.

Maria tyckte det var självklart, hon hade sett getter och får para sig och hon kunde avlägset minnas nätter när hon vaknat av faderns stönande när han trängde in i sin hustru.

Euphrosyne kallade det samlag.

Sen sa hon att det var en stor njutning. Det förvånade Maria.

– För många är det också enda sättet att komma nära en annan människa, fortsatte Euphrosyne.

Hon log, det gjorde hon ofta, ett leende som på något sätt hakade upp sig.

– Det är därför de kallar det kärlek, fortsatte hon och skrattade.

Flickan såg förvånad på henne, hon hade aldrig förr sett en människa som kunde skratta med neddragna mungipor.

Euphrosyne gjorde ett långt uppehåll som om hon behövde tid att välja rätt lögner. Det finns gränser för vad man kan säga en sjuåring om galenskaper och perversiteter.

– Det finns kvinnor som får stor glädje av att ligga med en man, sa hon. De flickor som arbetar hos mig är ofta av den sorten.

Maria tänkte på sin mor, hade hon tyckt om det? Och hon märkte att det fanns en tvekan i Euphrosynes röst.

– Mirjam, viskade hon.

Euphrosyne suckade och erkände utan omsvep.

– De judiska flickorna får ofta problem.

Hon gjorde en paus och tänkte på de judinnor hon haft, flickor med ångest och obotliga skuldkänslor. När de sminkade sig inför kvällen hade hon hört dem rabbla förtvivlade böner till guden som ensam härskar över judarnas hjärtan. Men hur mycket kunde hon säga till judeflickan? Hon tvekade innan hon återtog:

– De har uppfostrats till att tro att det är en dödssynd att ligga med en man som man inte är gift med. De kallar oss horor, vi är orena i deras ögon.

Maria ansträngde sig att förstå men in i Euphrosynes skildring sköt minnena – Mors röst: "Om Maria är en horunge är jag en hora." Med fast röst och ögonen rakt in i Euphrosynes sa hon:

– Jag är en oren.

Euphrosyne försökte dölja sin förvåning:

– Du är ett oskyldigt barn. Jag förstår inte hur du har fått för dig att du är oren.

– De sa det.

Det blev tyst länge, det första höstregnet slog mot rosorna i trädgården. Flickan såg det, det plågade henne:

– Varför odlar man rosor?

– För att de är vackra, barn lilla. Rosen är också kärlekens blomma så den passar här. Det vi gör här kan man ju kalla kärlekshandlingar.

Ännu ett avbrutet leende men i den stunden trodde barnet henne. Euphrosyne hade den sällsynta förmågan att vara sig själv och det ingav tillit.

Hon var ofta utsatt för kvinnornas ursinne. Efter svåra nätter kunde de skrika åt henne att hon inte hade något hjärta, att hon utnyttjade dem och att de hatade henne.

Men de litade på henne.

Efter en lång tystnad frågade Maria:

– Men varför låter du inte Mirjam gå sin väg om hon är så olycklig?

– Hon har ingenstans att ta vägen. Hon våldtogs av en soldat och födde ett barn i lönndom. Hennes föräldrar satte ut barnet och drev iväg Mirjam.

Euphrosyne hade talat en bruten arameiska och Maria var inte säker på att hon förstått rätt. Hon ansträngde sig att minnas samtalet ord för ord medan hon långsamt gick till den hemliga grottan vid stranden där Mirjam väntade. Det hade slutat regna, en hög regnbåge välvde sitt spann över den blå sjön.

Den judiska flickan rodnade av harm när Maria talade om glädjehusets kärleksverksamhet.

– Hon ljuger, sa Mirjam. Det här är ett syndens hus där man säljer kvinnors kroppar för dyra pengar. Horor, det är vad vi är, akta dig Maria så det inte blir för dig som för mig.

Maria satt tyst, såg söderut längs stranden på ångan som steg från de varma baden där Roms soldater simmade.

– Du måste väl veta att de är Satans lakejer, sa Mirjam när hon följde Marias blick mot badhusen.

För Maria blev motsättningarna orimliga. Hon tänkte på hur hon lärt sig hata romare och greker. Men också på den blåögde soldaten som ridit förbi stallet därhemma och på Leonidas, som var så snäll. Mirjam sa som om hon känt Marias tankar:

– De är gudlösa som alla utlänningar.

– Serene ber till Gud, det har jag själv hört.

– Serene är filisté. Mirjam spottade ut ordet och viskade sanningen i Marias öra:

– Hennes gud är en avgud, en gudinna.

Då blev även Maria rädd, en gudinna, det var orimligt hemskt.

Hon vågade inte berätta vad Euphrosyne sagt om Mirjam, det kanske också var lögn. Men hon tänkte att det nog var

45

sant, det måste finnas en förklaring till sorgen hos den vackra flickan.

Förhållandet mellan de två blev alltmer sammansatt. Mirjam kunde stundtals hata Maria för att hon lärde sig grekiska så fort. Om en tid skulle den lilla inte behöva henne längre. Och det innebar att hon måste börja "arbeta" igen, som Euphrosyne uttryckte det.

Maria kände den andras ilska men förstod den inte. Hon var stolt över sina framgångar. Och allt beröm hon fick för att hon var så duktig.

– Hon är begåvad, har gott huvud, är ambitiös, sa kvinnorna i mun på varandra vid middagsbordet.

Hon lärde sig läsa och skriva, men Mirjams stavning var bristfällig och Leonidas missnöjd.

Det gick en tid.

Euphrosyne lät Mirjam gå fri även sedan den nye läraren anlänt, han som skulle lära Maria grekiska och latin. Erigones tyckte inte om uppgiften men han var slav och hade inget att sätta emot när hans ägare, en romersk tribun, lånade ut honom till Leonidas.

För Marias del var det slut med att lära på lek, nu satt hon varje förmiddag på Euphrosynes kontor tillsammans med en man med bister min och bestämda krav. Latinet var vackert även om grammatiken i början slog knutar på förståndet.

Bäst var det när han läste de långa grekiska sagorna för henne. Han valde en saga om dagen och gav henne i uppgift att skriva ner den fritt ur huvudet under eftermiddagen. Och hon skrev om Perseus som dräpte gorgonen efter väldiga äventyr, om Asklepeius som var son till Apollon och den vackra Koronis och blev läkekonstens fader och om argonauternas vådliga färd när Jason stal det gyllene skinnet.

Men den historia hon tyckte bäst om handlade om Persefone och Demeter, flickan som rövades bort av underjordens dystre härskare. Maria grät av medlidande med modern

46

som vandrade omkring i världen och letade efter sin dotter.

De delade fortfarande rum, Mirjam och Maria. Men de förtroliga samtalen blev färre och Mirjam rös av fasa när Maria berättade om Demeter som steg upp ur underjorden varje vår och fick markerna att blomma och utsädet att gro.

– De är avgudar, sa Mirjam. Fattar du inte att de är avgudar.

Nästa morgon tog Maria mod till sig och frågade sin lärare:

– Är Demeter en avgud?

Han skrattade för första och enda gången.

– Det måste ju du veta bättre, du som tillhör det utvalda folket med den ende rätte guden.

Maria förstod inte men vågade inte fråga en gång till. När han såg hennes förvåning fortsatte han:

– Man kan säga att både Persefone och Demeter är symboler. En symbol är ett tecken för något som finns i allas våra liv men som inte går att förstå.

Maria blev inte klokare, men hon la orden på minnet.

Som alla andra besökare i glädjehuset var Erigones nyfiken på hanteringen. Han drogs till den honungsfärgade Serene som malen till ljuset, försummade aldrig ett tillfälle att hälsa på henne och äta henne med ögonen. Till samtal kom de inte, därtill var han för blyg.

Serene var smickrad och gjorde sig ofta ärende in på kontoret under lektionerna, bad om ursäkt och gick sin väg med utmanande långa steg och svängande höfter.

Maria blev svartsjuk. En dag böjde hon sig fram mot läraren och viskade förtroligt:

– Serene är hedning.

Denna gång skrattade inte hennes lärare, han blev arg:

– Det är jag också. Liksom Leonidas och Euphrosyne och andra här som är snälla mot dig. Enligt din religion är alla människor i hela världen hedningar – romare, greker, dacier, syrier, egyptier, germaner. Alla utom judarna. Jag vill inte påverka dig, men jag finner din judiska tro avskyvärd, förmäten och inskränkt.

47

Den kvällen hade Maria svårt att sova, Erigones ord dånade genom huvudet. Och för att göra det ännu värre skämdes hon för allt det hon inte hade sagt. Om Guds förbund med Abrahams säd och om den heliga skrift som styrde de rätttrognas handlingar. I morgon, tänkte hon, nej, i övermorgon kommer Leonidas. Jag måste fråga honom.

Men det blev inte som hon tänkt.

Euphrosyne hade tvekat i det längsta men till sist tog hon sig samman och sa till Mirjam att hon måste återgå i tjänst. Det var i flickans eget intresse, sa hon, hälften av det hon tjänade gick till henne själv.

– Din penningpung är mager, du behöver ett kapital när du vill tillbaka ut i världen.

Mirjam svarade inte och mötte inte hennes blick. Några timmar senare var hon försvunnen. Det var kväll och Maria gjorde till slut det förbjudna, sökte upp Euphrosyne bland de glammande människorna i stora salen. De letade, först bara de två, sen alla de flickor som blivit lediga. Genom trädgården och längs sjön. Kocken och trädgårdsmästaren sändes ut i gränderna inåt staden.

Kvinnorna fortsatte på stranden, sökte i varje skrymsle och ropade så att det gav eko över sjön: "Mirjam, Mirjam."

I gryningen flöt hon i land längst bort i norr vid stranden där de skrovliga bergen sargat hennes kropp.

I det stora köket satt de sju kvinnorna och skalv av ångest som om de för ett ögonblick sett sitt eget öde i den dödas.

Euphrosyne stängde huset, det skulle inte bli några gäster den kvällen. Själv vandrade hon längs gatorna, med långa steg och svept i sin fotsida svarta mantel. Hon var trött och försökte utan framgång att låta bli att tänka på Mirjam och på vad hon själv kunde ha gjort för flickan. Försökt finna ett judiskt fosterhem, talat med rabbinen i de judiska kvarteren, hållit Mirjam till städning och matlagning? Det sista var det enda möjliga, en judisk familj skulle inte ta emot skämd frukt och rabbinen skulle inte tala med bordellmamman.

Jag kunde ha satt henne till sömnad, tänkte hon. Men den ljuva Mirjam var mycket efterfrågad av gästerna.

Utan att veta hur hade hon lämnat den grekiska stadsdelen och vandrat in mot de judiska kvarteren. I vanliga fall var Euphrosyne härdad mot föraktet på gatorna här, barnen som ropade glåpord efter henne och de vuxna som stirrade med ögon som brann av illvilja och lysten nyfikenhet.

I dag blev hon besvärad och vände stegen hemåt. Aldrig mer en judisk flicka, tänkte hon. I nästa stund mindes hon Maria. Nåväl, hon var Leonidas problem.

De begravde Mirjam redan nästa dag under en av de stora rosenbuskarna i trädgården. Maria läste vid den öppna graven, alla böner hon kom ihåg från synagogan i Magdala, vissa på hebreiska, andra på arameiska. Någon gång blandade hon språken och orden och kanske också meningen med bönerna. Men rösten var stark och hon stakade sig inte.

– Vem kan räkna havets sand och regnets droppar och evighetens dagar. Och havets djup – eller visheten. Låt oss falla i Herrens hand, ty så stor som han själv är, så stor är hans barmhärtighet.

I utkanten av den lilla gruppen runt graven stod Erigones, motvilligt imponerad av de vackra orden och den klara barnrösten. Den siste som slöt sig till begravningsgästerna var Leonidas, som varit borta på ett av sina många uppdrag när Mirjam dog.

När barnet slutat sin läsning vid graven vände hon sig om och bugade lätt. Men hon var så blek att Euphrosyne blev ängslig och försökte tysta skriken från kvinnorna som slet sitt hår och skrek ut sin förtvivlan.

Men flickan verkade inte höra. Hon gick med oseende ögon och stela rörelser genom gruppen av sörjande tills ropet nådde henne, Leonidas röst:

– Maria, Maria.

Plötsligt kunde hon springa, rakt i famnen på greken som

lyfte upp henne och la hennes huvud mot sin hals.

Hon var spänd som om blodet slutat pulsera genom musklerna. Han sa bara det enkla: "Lilla barn, lilla barn."

Sen bar han upp henne till det rum hon delat med Mirjam och la sig på den smala sängen med hennes kropp tätt intill sin egen. Han var inte ängslig som Euphrosyne, han hade sett många chocktillstånd och visste att de sällan tog livet av en människa.

– Hon behöver något att dricka.

– Jag kommer med varm mjölk med honung.

Maria knep ihop munnen när den söta drycken trycktes mot läpparna.

Men när Leonidas sa: "Nu dricker du, flicka", lydde hon. Till Euphrosyne sa han:

– Jag stannar här i natt.

När Euphrosyne lämnade dem tänkte hon att det var en underlig kärlek som knöt samman de två, den stridsvane greken och den judiska flickan. Som ett öde, han hade själv sagt det en trött och vindränkt natt, att barnet på något obegripligt vis var knutet till hans öde.

Leonidas sov obekvämt och bara i korta stunder. Men sånt var han van vid, det bekom honom inte. När de vaknade framåt gryningen, blinkade han mot henne och sa:

– Nu skall vi äta, bara du och jag. Sen skall vi gå ut i trädgården och tala om Mirjam.

Hon blev rädd och glad på en gång. Och viskade att de också måste tala om Gud.

De smög ner i köket, där Leonidas fann fram bröd och yoghurt, ost och saltat fårkött. Maria såg förundrad på den ståtlige officeren som ordnade med maten. De åt och gick ner mot stranden där solen, stor och röd, just visade sig bakom höjderna i öster. De sneda strålarna färgade den blå sjön lila och morgondimmorna steg långsamt ur vattnet, upp mot staden och bergen.

– Varför dödade hon sig?

Den brutala frågan fungerade som han tänkt, orden väll-
de fram ur Maria:

– För att hon gjort så många synder att Gud aldrig skulle
förlåta henne, för att hon levde bland hedningar som dyrka-
de hemska avgudar och för att jag kom att älska Demeter.

– Demeter?

Maria berättade om hur hon läst sagan, hur fängslad hon
varit och hur rädd hon blivit när Mirjam sagt att flickan som
fick blommorna att slå ut på sluttningarna om våren var en
hednisk gudinna, en likadan som Isis eller Venus som vältra-
de sig i synd bland stjärnorna på himlen.

Leonidas var förvånad:

– Men Demeter är ju en bild eller en saga om det under
som sker om våren.

Maria skakade på huvudet, hon förstod inte.

– Varför tror ni att det är en kvinna som får jorden att
grönska? När det är Gud som gör det.

– Det är ju kvinnorna som för livet vidare. Om kvinnorna
inte var fruktsamma och födde barnen skulle vi försvinna
från jordens yta.

– Tror du på många gudar?

– Jag tror inte att vi skall göra oss bestämda uppfattningar
om det som är osynligt och omätbart. Men den okända
makten i naturen och inom oss själva kan behöva många bil-
der, många uttryck. Berättelsen om Demeter beskriver det
obegripliga att våren kommer tillbaka och att livet förnyar
sig.

Maria tänkte intensivt på vad Erigones sagt och som hon
inte förstått.

– En symbol?

– Ja.

– Men i Skriften står …

– Maria, har du läst Skriften?

Flickan blundade, när hon öppnade ögonen var de hårda
av vrede:

– Du vet inget om judarnas lag, sa hon och tänkte på sko-

lan i Magdala där hennes bröder fått gå från fem års ålder,
medan hon inte ens ägt rätten att fråga dem vad de lärde.

– Jag vet inte om jag har läst lagen, sa Leonidas. Men jag
har läst er heliga skrift.

– Har du läst …!

Hon var så förvånad att hon tappade orden. Hon skakade
länge på huvudet men efter en stund fann hon sin fråga:

– Kan du hebreiska?

– Det finns en översättning till grekiska.

Leonidas berättade om Septuaginta, boken som sjuttio
vise män arbetat med i århundraden. Men Maria var inte in-
tresserad av de gamla judarnas mödor i det fjärran Alexan-
dria, hon ville veta vad Leonidas tyckte om skriften.

– Den är full av skönhet och urgammal vishet, sa han. Det
jag tyckte mest om var tanken att man tjänar Gud genom
att vara barmhärtig mot sina medmänniskor.

Barnet drog en djup suck av lättnad. Och Leonidas fort-
satte:

– Där finns precis som i de gamla grekiska skrifterna
många sagor om hjältar och märkvärdiga äventyr. Jag kom-
mer ihåg en man som blåste i ett horn så att murarna föll
kring Jeriko. En annan hjälte hade all sin kraft i håret och
förlorade den när en svekfull kvinna klippte honom.

Känner du till historierna?

Maria nickade, ville säga att det inte var sagor, att det var
sånt som hände när Guds kraft tog en människa i besittning.

Men hon teg.

Till slut sa han:

– Jag tror inte att man kan lägga hela sitt öde i Guds hand.
Jag tror att varje människa har ett ansvar för sina beslut.
Mirjam beslöt sig för att dö. Det är svårt att förstå och myc-
ket sorgligt.

Nu grät Maria.

Livet återgick till det normala i glädjehuset, flickorna glöm-
de med vinets hjälp det förskräckliga som hänt. Maria hade

52

ont i magen och fick ligga till sängs. Det innebar att hon fick tid, att fundera, göra jämförelser mellan då och nu, mellan människorna i byn, de renläriga, och människorna här, de o-rena.

Men när hon gjorde det ökade värken i magen.

Maria Magdalena lät bokrullen ligga. I kväll orkade hon inte gå igenom det skrivna. Det värkte i ryggen, hennes fingrar var styva av arbetet.

Hon frös.

Långsamt reste hon sig och gick för att stänga fönsterluckorna.

Skymningen smög in i de stora trädens kronor, snart skulle mörkret falla. Leonidas hade inte kommit hem ännu, kanske var detta en av de nätter som han tillbringade hos sin pojke. Vad hade han sagt i morse?

Hon kom inte ihåg.

Hon tände oljelamporna i köket och gjorde i ordning en måltid stor nog att räcka för två. Sen åt hon sin del, tvättade sig och kröp ner i den varma sängen. Sträckte ut sig, kände hur värmen och vilan mildrade det onda i ryggen.

Tidigt nästa morgon läste hon igenom det skrivna. En fråga sysselsatte henne: Hur gammal var hon när Leonidas försvann? Tio år? Tolv? Hon skakade på huvudet, hon hade inga minnesbilder. Barn är ju så fria i sitt förhållande till tiden, tänkte hon.

Framåt eftermiddagen hörde hon hur Leonidas kom hem, de fasta stegen uppför trädgårdsgången, dörren som öppnades och ropet: "Maria, Maria, här är jag."

Hon gick honom till mötes och såg att han var tung till sinnes. Besviken? Skuldtyngd? Hon gjorde sitt leende bredare än vanligt och lite hjälpte det honom, han blev mjukare i hållningen och sa:

– Jag är lite trött.

Hon kysste honom på kinden:

– Jag har skrivit om dig. Medan jag lagar kvällsmat vill du kanske läsa.

– Gärna.

Han gick in i biblioteket, hon gav honom den långa rullen och vände tillbaka ut i köket. Medan hon förvällde bönor och kokade fisken tillsammans med de nyplockade knopparna från kaprisbuskarna funderade hon på Leonidas älskare, en ung man utan hjärta. Han var inte bra för Leonidas. Hon kunde inget göra.

Leonidas kom tillbaka till köket när Maria höll på att duka bordet.

– Du förstorar, sa han. Det är inte möjligt att den där enkle krigaren på knappa trettio år skulle ha haft så mycken klokhet.

Maria rodnade, sa hetsigt.

– Vad skrivandet har lärt mig är att ha respekt för barnets minnen. Det är säkert inte ordagrant sant alltsammans men det är barnets tolkning av allt som sas och hände.

– Jag ger mig, sa Leonidas, sträckte händerna i luften och skrattade.

Maria måste också le.

– Hur gammal var jag när du måste resa?

Hans ansikte mörknade:

– Det var samma år som tribunen Titus slutgiltigt bröt mitt avtal, sa han. Då hade du varit hos Euphrosyne i fem år.

– Åh, Leonidas, jag förstod så lite.

– Vi kanske skall försöka minnas tillsammans. Jag stannar hemma i morgon och berättar medan du gör anteckningar.

– Det var ju något mycket egendomligt som hände med mig den natten när jag fann dig i bergen. Jag har aldrig förstått det och ibland är jag beredd att tro som de religiösa, att Gud ingrep i mitt liv.
– Varför han nu skulle göra det?
– Det hade varit en vidrig kväll.

Han var tyst länge, sen log han och sa:
– Du tycker säkert att jag överdriver men det var något gudomligt över den där ungen, ett ljus … Så jag blev inte ens förvånad när jag efter många år återfann dig hos den unge gudsmannen i Galileen.
Han avbröt sig plötsligt och frågade:
– Varför sysslar du så mycket med din egen barndom?
– För att jag måste veta vem jag är. Jag har fått den konstiga idén att om man skall försöka vittna om sanningen måste man vara sann själv.
– Du har säkert rätt, men du har satt målet högt. Själv har jag inte kommit längre än till att försöka vänja mig vid mig själv.
Maria skrattade:
– Det är kanske samma sak. Men fortsätt att berätta om kvällen när du hittade mig.
– Jag lyfte upp dig, du svimmade av skräck och jag svepte in dig i manteln.
Sen red jag till Euphrosyne som var den enda kvinna jag kände och hade förtroende för i Tiberias. När jag lämnat dig där gjorde jag upp planer, dåraktiga och ljuvliga. Mitt kon-

trakt med romarna skulle gå ut om några år, jag skulle bli fri och återvända till Antiochia med en liten dotter. Hela min släkt skulle glädjas åt att jag hade fått ett barn.

– Du ville ha barn?

– Det skulle ge mig upprättelse, inte sant?

Marias ögon smalnade och rösten hade hårdnat när hon frågade:

– Det var därför du kostade på mig utbildning, egen lärare och allt det där?

Han såg förvånad på henne, detta var olikt Maria.

– Nej, sa han. Det var helt enkelt så att jag ville ge dig allt jag förmådde. Och det stod ju klart redan när du lärde dig grekiska av Mirjam att du hade stora förståndsgåvor. Och att du var vetgirig och nyfiken.

– Förlåt mig.

– Det fanns ju en del bekymmer. Ett glädjehus var inget lämpligt ställe för en liten flicka. Men jag hade inget val och hos Euphrosyne fanns ovanligt lite fördomar. Att det fanns religiösa svårigheter tänkte jag inte på i början. Det var först när Mirjam tog livet av sig som jag förstod vad det innebar för ett judiskt barn att bo i ett "syndens" hus.

Lång tystnad igen.

– Sen var jag orolig för att du inte ville leka, att du var ett så allvarligt barn. Jag gav dig en docka, kommer du ihåg?

Hon skakade på huvudet, nej, hon mindes inte.

De satt tysta tills Leonidas återtog:

– Någon har sagt att om man vill se hur det eviga livet kan gestalta sig redan på jorden så skall man se på barnens lekar.

Marias ögon mörknade av sorg och genom hennes huvud hördes rösten: "… barnen hör himmelriket till."

Här bröt de sitt samtal för en lätt måltid i köket. Han var orolig, hade han sårat henne? Hon log och sa att det ju var självkännedom som var målet för hennes strävan. Sen försökte hon förklara att det aldrig funnits tid för lek i hennes barndom, att även små barn måste arbeta.

– Åtminstone flickor, sa hon. Mina bröder lekte krig och

övade sig i att döda romare i bakhållen i bergen.
– Det var ju knappast lek, sa Leonidas bittert.

De gick tillbaka till biblioteket och han fortsatte:
– Vid samma tid som du gick i lära hos Erigones dog min far. Jag fick ett långt brev från mor, troligen dikterat av Livia. I hjärteknipande ordalag vädjade de till mig att komma hem. Jag sörjde inte min far, vi hade aldrig stått varandra nära, du vet ende sonen som skulle ta över och ha ansvar för allt och alla. Sen barnsben.

Som pojke flydde jag, försvann i en värld av dagdrömmar om hjältar och bragder. Och lekar om äventyr och stordåd. Jag blev ett lätt offer för de romerska officerarna som sökte folk till sina legioner bland grekerna i Antiochia. Så jag skrev på värvningshandlingarna, jag var arton år och myndig. Min far förlät mig aldrig.

Han suckade.

– Jag ångrade mig inte. Jag fick se världen och den var mycket större och grymmare och mer sammansatt och svårtydd än jag föreställt mig.

– Du fick ett brev från din mor ...?

– Ja, det kom lägligt, jag gick till Titus, tribunen, som läste det och sa att han förstod. Och att jag faktiskt hade fullgjort mitt kontrakt med den romerska armén. Så jag började avsluta mina rapporter och gick i förhandlingar om adoptionen av dig. Det var krångligare än jag trodde, även ett hittebarn har ju föräldrar, som advokaten sa. Vid det laget hade jag tagit reda på vad din far hette, men det var ett namn som fanns i listorna över de judiska upprorsmännen. Så det kunde jag inte använda.

Han tystnade, ögonen sökte sig ut i Marias trädgård.

– Sen satte det förbannade fälttåget mot parterna stopp för alla mina planer. Kohorten från Tiberias var uttagen, soldaterna jublade för alla var trötta på judarna och deras lömska bakhåll. Tribunen började med att smickra mig: Jag var en av hans bästa officerare, han kunde inte reda sig utan mig, mina kunskaper om karavanvägarna genom Syrien var ovärderliga. När allt det granna talet förfelade sin verkan tog han till maktspråk, rev sönder min avskedsansökan och röt att vi startar expeditionen inom en vecka.

Jag gick till Euphrosyne. Men den stunden minns du säkert själv.

Ja, hon mindes hur den osårbare Leonidas hade suttit där på en pall och gråtit som ett barn.

– Om fångenskapen hos de förbannade beduinerna som dödade mina soldater i ett bakhåll i öknen tänker jag inte berätta. Jag antar att det var nyttiga år, jag fick lära mig hur det är att vara slav, föraktad och hånad, piskad när herrarna ville ha roligt. Jag var ingen hjälte, jag var ynklig, grät och bad om förskoning. Vilket ökade deras nöje. Och jag var en dålig slav, otränad i hårt arbete. De höll mig vid liv därför att en av dem hade känt igen mig som sonen till den rike sidenhandlaren i Antiochia. Förhandlingar om lösen fördes i åratal, men nu var det min snåle svåger som var köpmanshusets huvudman. Sen dog han helt lämpligt och Livia bestämde ensam, hon satte firman på randen till ruin, betalade och fick mig fri.

– Välsignade Livia.

– Ja. Men jag har gjort rätt för mig.

Han skrattade:

– Ingen undgår sitt öde, jag blev sidenhandlare som far bestämt. Vad dig beträffar …

Orden blev hängande.

– Det var först när jag skulle berätta om min dotter i Galileen för Livia som jag gjorde klart för mig att du var vuxen nu. Jag fick ändra mitt tal och berätta om den unga kvinnan som jag älskade. Det var ju också sant.

– Men inte som hon trodde.

– Nej. Hon ville ha brorsbarn, ättlingar i rakt nedstigande led i släkten.

– Vi delar skulden, sa Maria, men Leonidas stönade och hon tänkte att de var snärjda i lögner.

– Resten vet du, sa Leonidas och rösten var knapp. Jag reste till Rom och fick till stånd ett mycket förmånligt avtal. Jag hade nytta av mina år som centurion, mina förbindelser och mitt rykte som hjälte. Det påstods nämligen att jag lyckats fly från parterna, en fiende som jag aldrig sett.

Ja, vid alla gudar. Kort efter Romresan for jag tillbaka till Palestina, fann Euphrosyne som höll på att bryta upp för att återvända till Korinth. Och som berättade den otroliga historien om Jesus från Nasaret.

Nästa dag var Maria ensam med sitt arbete i biblioteket. Hon skrev rent sina anteckningar hela tiden med en känsla av att något väsentligt blivit sagt. Hon sökte sig fram bland anteckningar och minnen. Stannade vid dockan som hon inte mindes och fann orden hon inte förstått.

Barnen som hörde himmelriket till, den spontana livsyttringen, glädjen. Liljorna på marken, blommorna som prisar Gud genom att växa och aldrig bekymrar sig för framtiden. Något annat Han sagt första gången hon mötte Honom, den våren då svalorna drog norrut över deras huvuden, något om fåglarnas fullkomliga tillit till vindarna.

Han sa aldrig att naturen var vacker.

Gud skapar nu, tänkte hon, i ögonblicket.

Den natten drömde hon om Quintus, den romerske pojken som lärt henne åtminstone en lek.

Det kom ett brev från Leonidas, en glättig och barnjollrig skrivelse som försäkrade att han snart skulle vara tillbaka i Tiberias. Redan när hon läste den första gången visste hon att den ljög, att han bedrog sig själv och försökte bedra henne.

Sen ingenting.

Euphrosyne gick till den nye tribunen som tog emot med spefull vänlighet och tackade för den ordning och finess med vilken hon skötte sin hantering. Den var utomordentligt viktig för soldaternas moral, sa han.

Det var en gammal man, trött och tömd.

Euphrosyne berättade om barnet hon tagit hand om åt centurionen Leonidas. Nu ville hon veta var Leonidas fanns.

Han såg bekymrad ut, kallade på sin skrivare som tog fram rapporterna från den romerska expeditionen mot Parterriket.

– Ett helt igenom misslyckat krig, sa han.

Hon fick en stark känsla av att han inte behövde rapporten, han visste men ville ha tid. Sen sa han att den förtrupp som Leonidas anfört utplånats i ett bakhåll. Romarna hade räknat sina döda men centurionen fanns inte bland dem. Det fanns en möjlighet att han tagits till fånga, men …

– Men?

– Parterna tar i allmänhet inte fångar …

Euphrosyne gick långa omvägar genom nybyggarstaden, gator där det var svårt att ta sig fram bland byggnadsställningar och tegelhögar. Hon var obegripligt ledsen. Och tung av ansvaret för Maria.

Vad skulle hon göra?

Hon stannade för att se på när fyra arbetare passade in en vackert snidad port i ett av de nya husen. När den tunga dörren var på plats fattade hon ett beslut: hon skulle betrakta flickan som en dotter. Maria skulle bli grek. Själv skulle Euphrosyne avveckla sin verksamhet.

Sen skulle hon återvända till Korinth med sin dotter. Och en rejäl förmögenhet i goda romerska mynt.

Men nu gällde det att tala med Maria. Inte ljuga. Ändå vara hänsynsfull.

Det var enklare än hon fruktat, Maria behövde bara se på Euphrosyne, blick mötte blick, i bådas fanns visshet och förtvivlan.

– Han är död?

– Man vet inte, man fann inte hans kropp bland de stupade.

– Fånge?

– Tribunen sa att parterna inte brukar ta fångar.

Maria var torrögd och stel.

Och så förblev det. Det gick inte att nå fram till henne med tröst eller vänlighet. Alla ord slog mot muren hon rest mellan sig och andra.

"Om hon åtminstone kunde gråta", sa flickorna i glädjehuset, upprepade det gång på gång: "Om hon ändå kunde …"

Hon måste hållas sysselsatt innan hon alldeles faller tillbaka i sig själv, tänkte Euphrosyne och höll Maria till sömnad. Men hennes fingrar var för otåliga för nålen, det blev ingen heder av arbetet med lagning av livklädnaderna eller stoppning av mantlarna. Inte ens broderierna förnöjde henne, trots de granna färgerna och de vackra blommorna.

Så en dag blev hon sängliggande.

– Ont i magen, viskade hon.

Euphrosyne lät henne ligga kvar, men kom tillbaka efter någon timma. Frågade inte, satte sig bara vid sängen.

– Lilla barn, sa hon, upprepade det.

Det var så ovanligt att Euphrosyne var känslosam att hennes ord trängde igenom muren. Plötsligt skrek flickan:

– Varför överger alla människor mig?

– Inte alla, sa Euphrosyne och Maria hörde att hon var arg. Jag finns här. Och gör så gott jag kan.

Sen gick hon.

Maria låg kvar i långa och svåra tankar. Euphrosyne hade ingen anledning att ge henne mat och husrum, vänlighet och omsorg. Några pengar från Leonidas kom inte längre, någon nytta i huset gjorde hon inte. Varför kastades hon inte ut på gatan till de andra tiggarungarna.

Hon skämdes.

Sen slog det henne, Euphrosyne räknade med henne. Som hora.

De sa att hon var söt.

Gode Gud, hjälp mig.

Hon tänkte på Mirjam, förstod henne.

Hon rusade ur bädden, drog livklädnaden över huvudet och sprang nerför trapporna, rakt in på Euphrosynes kontor. Där satt hon som vanligt med sina räkenskaper. Maria skrek:

– Jag tänker inte bli hora, hör du det.

– Det ingår inte heller i mina planer, svarade Euphrosyne. Rösten var kall men bröts plötsligt. Till sin oerhörda förvåning såg Maria att hon grät. Det var så hemskt och så otroligt att det bröt ner muren kring flickan, plötsligt gav hon efter för sorgen, jämmern steg ur halsen och tårarna sprutade.

Men Euphrosynes bitterhet stod inte att hejda:

– Du är en otacksam varelse, sa hon. Gå till ditt rum och skäms. Tänk på Leonidas och hans trofasthet. Och min. Själv vet du tydligen inte ens vad kärlek är.

Nästa dag sa Euphrosyne att Maria skulle göra rätt för sig med att hjälpa till i köket. Att lära matlagning var en konst som en kvinna alltid hade nytta av.

I köket gick det bättre för Maria. Till dels berodde det på att hon ända sedan hon kom i huset fäst sig vid kocken. Han hade fått det ståtliga namnet Octavianus men var en livsglad gallier som älskade mat, Euphrosyne och livet i glädjehuset.

Han kallade henne för sin assistent, lärde henne att ansa och bryna en stek, rensa en fisk och steka den gyllenbrun, koka ihop grönsaksspad till buljong, sky till sås. Och kryddornas tusen hemligheter. Han uppmuntrade henne, berömde ibland men skakade ofta på huvudet:

– Du saknar det viktigaste, sa han. Och det är själva glädjen.

Hon var mycket trött om kvällarna, i kroppen av allt det tunga arbetet och i huvudet av allt det nya. Men innan hon somnade funderade hon på det Octavianus sagt om att hon saknade glädjen.

Hon saknade kärlek också, det hade Euphrosyne sagt. Men hon hade gott om skam, herregud som hon skämdes.

Någon dag senare blev hon kallad till Euphrosynes kontor. Hon gick som hon var i sin grova livklädnad, smutsad av blod och stekfläckar, stod stel i dörren och tänkte. Jag måste få det ur mig:

– Kan du förlåta mig?

– Jag måste själv be om ursäkt, sa Euphrosyne och rodnade. Jag brukade hårda ord. Och orättvisa.

– Nej, sa flickan lugnt. Jag tror att du hade alldeles rätt.

Euphrosyne såg på Maria, hon hade ränt iväg på längden men var obehagligt mager. Hennes ansikte hade gröpts ur som på en skulptur som alltför länge stått ute i hårda vindar och piskande regn.

– Maria, hör på mig. Vi får tala ut en annan gång. Just nu har jag ett ärende. Vill du sätta dig.

Maria borstade av livklädnaden och satte sig på yttersta kanten av pallen. Euphrosyne fortsatte:

– När jag fått budet från tribunen om att Leonidas … saknades, fattade jag ett beslut. Jag tänkte att jag skulle betrakta dig som min dotter. Inom några år tänker jag sälja det här huset och återvända till Korinth med dig.

Marias ögon smalnade av ansträngningen att förstå.

– Din dotter, sa hon till slut. Vill du ha mig till ditt barn?

– Ja.

– Du vill att jag skall bli ditt barn?

– Ja.

Maria reste sig, benen skakade. Hon viskade:

– Varför?

– För att jag håller av dig, förstås. Euphrosynes svar var kort och rösten sträv.

– Jag har så ont.

Maria höll båda händerna för magen och Euphrosyne sa att nu går du och lägger dig. Jag skall ta hit doktorn så att du blir ordentligt undersökt. Och frisk.

Maria låg mycket stilla i sin säng medan doktorn klämde på hennes mage och sa till Euphrosyne:

– Jag tror inte att hon är sjuk. Ännu. Men hon är undernärd och uttorkad.

Jag borde ha sett det, tänkte Euphrosyne och sen blev hon arg. När ilskan sökte utlopp kallade hon på kocken och skrek:

– Hur kan du laga mat tillsammans med ett barn som håller på att svälta ihjäl.

Octavianus såg på flickan i sängen.

– Hon har ingen matglädje.

– Då får du se till att hon får det, skrek Euphrosyne rasande och medveten om att hon var orättvis. Men doktorn hejdade henne, vände sig till kocken och sa:

– Nu får du ta ansvar för att flickan äter sig rund och rar. Du är ju en mästare på god mat. Laga små läckra rätter och sitt med henne vid bordet medan hon äter. Jag litar på dig.

Maria tvingades dricka en hel bägare honungsmjölk. När hon kände den bittra smaken genom den söta visste hon att hon skulle få sova, länge.

Euphrosyne stoppade om henne, satt en stund vid sängen. När hon reste sig för att gå, sa Maria:
– Du förstår, jag har aldrig haft någon att likna.

Denna dag beslöt sig Maria Magdalena för att arbeta i sin trädgård i Antiochia. Hon gick uppåt i den smala trappan som slingrade mellan terrasserna, nådde sin örtagård och såg belåten att hennes kryddor knoppades som de skulle i den tidiga vårvärmen.

Trädgården låg högt, så högt att hon en klar dag som den här kunde se över stadsmuren och skönja havet i väster.

Nu stod hon länge med renskniv och hacka i handen och såg ut mot vattnet, ett streck i lysande blått från horisont till horisont. Här och var kunde hon ana ett segel. Människans tecken i det oändliga.

Hon mindes första gången hon mött havet. Det var sedan Leonidas letat rätt på henne i Galileen, där hon vandrat, förvirrad och galen, besatt av en önskan att möta Honom. Här vid den blåa sjön måste Hans ande finnas och ännu en gång visa sig för henne.

Hon såg ut som en tiggarkäring och var en sån, tiggde sitt bröd vid dörrarna, bad om husrum och fick någon gång vila över natten i ett fähus. Men oftast sov hon under bar himmel.

Det var en het sommar.

Ingen kände igen henne.

På urgammalt vis hade hon strött aska i sitt hår, den blandades med svetten och rann i strömmar över ansiktet. Hon tvättade sig aldrig och hade vant sig vid lukten som strömmade ur hennes kropp. Hon fick sin månadsblödning, lät den rinna utmed benen. Hennes hud var torr och sprucken, bränd av solen och full av sår.

Natten innan Leonidas fann henne sov hon under en uppdragen båt vid sjöns strand. Och hade en dröm. I den vandrade hon över markerna i ett okänt landskap och frågade alla hon mötte efter havet. De flesta skakade på huvudet, men en och annan pekade i en viss riktning. Hon följde anvisningarna men hon fann aldrig havet.

En gång såg hon ett vatten som tycktes utan slut. Dit var det en lång och tröttsam vandring men hon drevs av sin längtan och sitt hopp. När hon slutligen nådde stranden såg hon till sin förtvivlan att det var en flod, hon hade sett den i längdriktningen och trott att den var utan slut. Hon försökte tänka att flodens vatten var på väg som hon mot havet. Men hon orkade inte följa det slingrande loppet, hon blev stående bland träden vid flodstranden Det var en plats hon kände men där ingen längre bodde.

I sömnen grät hon av förtvivlan.

Det var underligt att han kände igen henne. Hans rop, "Maria, Maria", nådde henne på morgonen när hon rullade sig ut ur båten. Men hon kunde inte svara, inte höja en hand till hälsning.

Jag trodde att jag var död, tänkte hon. Men jag var skvatt galen.

Han förde henne till ett hus han lånat, la henne i ett varmt bad, tvättade hennes hår i vatten efter vatten och blötte bort sårskorporna på kroppen.

Hon fann sig som ett spädbarn. Men de blå ögonen följde honom, allvarliga och frågande. Och när han till slut torkade henne, masserade henne med en stor duk och strök salva över de öppna såren, kunde hon fråga:

– Leonidas, tror du att jag är sjuk i huvudet?
– Lite tokig har du nog varit. Men du blir snart frisk igen.
Hon kunde höra att han var rädd.
Han fick henne att äta.

Innan hon somnade sa han:
– Så fort du blir bättre far vi till havet.

De for i vagn, till de romerska soldater som kontrollerade alla fordon sa han:
– Min hustru har varit sjuk. Vi är på väg till havet där hon skall vila.

De såg med medlidande på Marias sönderbrända ansikte och magra kropp, såg igenom Leonidas handlingar och vinkade hövligt iväg dem. Maria var föga medveten om vad som hände. Först när hon stod vid det ändlösa havet, blåare än himlen, men närmare och fullt av kraft, fann hon tillbaka till sig själv och försökte förklara:
– Sen du rest sista gången …
– Jag vet, sa han, så fort jag kom tillbaka fick jag höra det. Den förbannade Pilatus lät korsfästa Jesus. Jag hade på känn att han var hotad, jag borde inte ha lämnat honom.

Också Leonidas var förtvivlad.
– Du hade inte kunnat göra något. Han beslöt det själv.
– Så obegripligt!
– Ja, ingen kommer någonsin att förstå.

De hade sju dagar att tala om det som hänt men det hon mindes bäst av tiden på stranden utanför Caesarea var vågorna som slog genom nätter och dagar, stora vågor som sköljde henne tom.

Maria slog bort minnena, det var så längesen nu.

Beslutsamt la hon sig på knä i sina odlingar och började dra upp ogräsen. Hon såg bekymrad att jorden var torrare än vanligt så här års. Snart måste hon börja vattna och redan nu suckade hon när hon tänkte på det tunga arbetet att bära vatten till de högsta terrasserna.

När hon tog rast och drack sig otörstig ur vattenkruset såg hon att diset svept in över havet. Den blå färgen hade gått förlorad. Nu fick hon nöja sig med att se på sitt hus, det vackra huset som Leonidas hade låtit bygga i sluttningen.

Hon började fundera på hur det kom sig att de hamnat här. Ingen av dem hade velat bo inne i den myllrande högljudda staden, så mycket var klart. Men varför just här i utkanten av den judiska stadsdelen?

Guds finger, tänkte hon men drog på mun. Kanske var det Leonidas som velat ge henne ett hem i närheten av judiska trosfränder.

Den tanken fick henne att skratta.

Sen tänkte hon att det hade varit bra för henne.

Men det hade dröjt innan hon vågade sig till synagogan, smugit in på kvinnoläktaren och hört rabbi Amasja tala. Förundrad lyssnade hon till ord som hon kände igen, om Gud som man bara kunde tjäna genom att vara barmhärtig.

Rabbi Amasja berättade en gammal historia om en grek som gick till en rabbin och bad att få bli undervisad i Toran. Och fick svaret att det var enkelt, att hela den judiska visdomen kunde omfattas av en enda regel:

Du skall älska din nästa så som dig själv.

Amasja citerade profeterna, Hosea som lyssnade på Gud och hörde honom säga: "Ty jag har behag till kärlek och inte till offer." Och han berättade inte utan stolthet att judendomen var den första religion som predikat ansvar för alla medmänniskor. Han talade om Amos, profeten till vilken Jahve talade på de förtrycktas vägnar. Människorna kan blunda för orättvisorna och grymheten mot de fattiga. Men Gud blundade inte.

Rabbinen citerade ur Skriften: "Vad du inte vill att människorna skall göra dig det skall du inte göra dem."

Maria hörde en annan röst, en ung röst som sa: Allt vad ni vill att människorna skall göra er skall ni göra för dem.

Hon var långt borta i det sällsamma ljuset över kullarna vid den blå sjön när gudstjänsten slöts i en bön till Gud som var bortom vårt förstånd men stod på de maktlösas och förtviv-

70

lades sida. När kvinnorna kring henne reste sig för att gå såg Maria på rabbinen där nere på golvet och hennes blick var så stark att han lyfte sitt huvud, mötte hennes ögon och log. När hon sist av alla lämnade synagogan stod han i porten:

– Jag visste att Leonidas hustru var judinna, sa han. Så jag har väntat länge på dig.

– Jag kommer tillbaka.

Även nästa sabbat berättade rabbinen en historia:

En man dog, sveptes och las i en kista. Många samlades till hans begravning, man sörjde och grät.

Men mannen var skendöd och vaknade av jämmern.

Bankade på kistlocket.

Skräckslagna såg begravningsgästerna på varandra. Men den modigaste av dem öppnade kistan, såg den döde sätta sig upp och hörde honom ropa: "Jag är inte död."

Varpå den modige sa med fast röst:

"Både prästen och doktorn har konstaterat att du är död. Så lägg dig ner igen."

Sen spikade de igen locket och sänkte kistan i graven.

Det mumlades i den stora salen och det hördes ett och annat häpet fnitter. Men Marias skratt fyllde synagogan, huvuden vreds och halsar sträcktes mot kvinnoläktaren. Själv slog hon förskräckt handen mot munnen men såg att rabbinen drog på mun och att han gav henne en tacksam blick.

Redan nästa dag knackade rabbi Amasja på hennes dörr, Leonidas tog emot och sa att han hade hört sin hustru berätta om gudstjänsterna i synagogan.

– Du måste vara en modig man.

– Antiochia är en stor stad, de flesta judar här är påverkade sen generationer av grekiskt tänkande. Här finns skiftande uppfattningar, gnostiska judar och de nya kristna. Så har vi många sökare från andra religioner. Och folk som bara är nyfikna.

– Men vad säger de rättrogna?

71

– De är säkert besvikna. Det finns ju alltid människor som är så rädda att de måste hålla sig inom regelverket.

Leonidas skrattade.

Det blev inledningen till en varm vänskap.

Maria reste sig ur kryddlandet, sträckte på sig, tänkte förvånad på alla minnen som sköljt över henne denna dag. Det är väl skrivandet, sa hon sig, det är som om jag öppnat en sluss.

I nästa stund hörde hon det torra suset i buskarna och visste att det förebådade regn. Diset från havet hade mött värmen från jorden och förvandlats till tunga moln. Trots att hon sprang nerför trappan blev hon våt in på bara kroppen.

Havet drev in ännu ett regn över Antiochia när Maria skulle somna den kvällen. Hon hörde det slå mot den stenlagda gården och rissla genom fikonträdens kronor.

Välsignat, tänkte hon.

Det hade varit en bra dag.

I morgon skulle hon återvända till trettonåringen i Tiberias.

Kocken tog uppgiften att förmå Maria att äta på stort allvar. Han lagade läckra rätter och fick dem att dofta av spännande kryddor och lysa i vackra färger. Sen satte han sig mitt emot henne vid bordet och följde varenda sked på vägen till munnen.

När det gick trögt, när tuggorna växte i mun på flickan, tog han till utpressning:

– Du har mitt öde i dina händer, sa han och när Maria fnös fortsatte han med darrande stämma:

– Förstår du inte att om du inte äter dig frisk kommer Euphrosyne att sälja mig på slavmarknaden. Kan du ta det på ditt ansvar?

Efter en dramatisk tystnad lyckades han fylla sina ögon med tårar innan han svävade ut i mångordiga skildringar av de hemska öden som skulle drabba honom. Piskad och förödmjukad av en grym romersk matrona skulle han tvingas laga barbarisk mat.

– Vet du att romarna äter ormar? Och pelikaner med fisksås till!

Han rös.

Sen nästan grät han när han beskrev hur han skulle få tillbringa sina nätter i en sotig köksvrå i det romerska köket, biten av hundar och sparkad av husets andra slavar.

Maria blev djupt tagen, tuggade och svalde.

Men nästa gång han drog historien om sin fasansfulla framtid hade hon hunnit fundera och sa att Euphrosyne ägde ett varmt hjärta. Aldrig att hon skulle sälja sin kock, en man som hon höll av och satte stort värde på.

– Du är barnsligare än jag trodde, sa Octavianus och det lyste som pyrande stenkol i hans svarta ögon när han fortsatte:

– Euphrosyne har ett hjärta av is. Hon har aldrig älskat förr, förstår du? Nu har hon fäst sig vid dig och endast gudarna vet hur det skall sluta.

Lång tystnad igen och sen den hemska frågan:

– Vad händer när ett ishjärta smälter?

Maria var stum av förvåning. Men hon kunde se det, klumpen av is i bröstet som plötsligt började rinna.

– Jag vet inte, viskade hon.

– Nej, du ser. Ingen människa kan föreställa sig det. Jag ligger vaken om nätterna och grubblar på saken.

I rena förskräckelsen åt Maria upp varenda smula på tallriken. Sen fick hon magknip och måste springa på avträdet. När hon satt där kände hon en oväntad glädje. På eftermiddagen knackade hon på dörren till Euphrosynes kontor:

– Har du ett hjärta av is?

Euphrosyne log sitt avbrutna leende.

– Jag har som alla andra ett hjärta av kött och blod, sa hon.

– Jag visste väl det, sa Maria och vågade det oerhörda, sprang rakt in i famnen på Euphrosyne och kramade henne. Euphrosyne rodnade av glädje och höll hårt om flickan innan hon sa:

– Jag hör att du äter som du skall. Du börjar bli rundare om kinderna men du är fortfarande blek. Vi skall pröva med frisk luft. När du var liten tyckte du om att hjälpa Setonius i trädgården.

– Det vill jag gärna.

Setonius hade alltid tyckt om barnet, hennes allvar och hennes fingrar som med osviklig känsla för varje ömtålig rot redde jorden kring örter och rosor. Nu var hon nästan vuxen.

Men han fann snart att hon inte klippt av förbindelsen

74

med det osägbara. Hon visste att blommorna hade en fundersam läggning och att ingen växt var så oberörd som den låtsades. Hon sa att hon älskade de gamla träden, som stod där i strandkanten och slukade tid. På så sätt fick de tiden att upphöra, ansåg hon.

Och hon fortsatte att ställa frågor så som barn gör, inte som de vuxna som sällan är beredda att höra svaren. Det var därför hon fick höra så många berättelser.

Han hade en historia om varenda ört i den stora trädgården.

Den dagen hon kom för att bli trädgårdsdräng skulle han snitta sykomorens frukter. Han visade henne hur blommorna växte inuti frukten, gömda för yttervärlden. Som fostret i livmodern, sa han och berättade att sykomoren var den egyptiska kärleksgudinnans träd. Hon hette Hathor och hjälpte alla dem som led av hemlig och olycklig kärlek.

Nu skar han ett snitt i varenda frukt för att driva ut insekterna som sökt bo och lagt ägg inuti de gömda blommorna. Det var ett ändlöst arbete, tyckte Maria. Och kladdigt. Men hon klättrade upp på stegen och lärde sig snart att lägga snitten rätt. Efter några svettiga timmar var frukterna befriade från inkräktarna.

– Om sex dagar skall du få se, sa han. Nu har vi hjälpt Hathor, snart belönar hon oss med frukter lika gyllene och söta som gudinnans kinder.

Han log mot henne men när de tvättade sig vid brunnen såg han att hon hade en bekymrad rynka över näsroten.

– Tror du på många gudar? frågade hon när de tog rast i den stora terebintens skugga.

Eftersom han inte förstod vad flickan menade började han berätta om sin barndom på en vindomsusad ö i Joniska havet.

– I vår by ägde vi en rikedom av gudar, sa han och rösten var varm av vemod och längtan. Där fanns Apollon, skön och stark som ljuset över havet. På ängarna om våren sjöng vi hymner till Demeter och tackade henne för jordens frukt-samhet. I vinskördens tid höll vi fest till Dionysos ära och dansade som galningar.

En fantastisk fest, sa han och log vid minnet.

– Vi hade ett berg med utsikt över det ändlösa blå havet, mindes Setonius. Där hade vi rest en staty av Zeus. Vid grän-sen till de stora skogarna stod Artemis, den mångbröstade jungfrudrottningen. Henne älskade jag mest av dem alla.

Nu rodnade han och tänkte att den mångbröstade gudin-nan hade berikat hans fantasier.

– Du frågade om tro, sa han. Men jag förstår dig inte, alla dessa väsen fanns ju där i naturen och gjorde våra drömmar begripliga.

Han tystnade, de lyssnade på trasten som sjöng i terebin-tens krona. Sen återtog han:

– Det var en praktisk religion också, varje gud och gudinna hade sitt område att ta ansvar för. Sjöfararna måste blidka havsguden och det gjorde de i klippgrottan vid hamnen där Poseidon bodde. Bönderna tillbad Demeter innan de sådde och kvinnorna gick till Afrodite när de var förälskade. Alla an-såg att de fick hjälp.

Grekiskt öfolk är ett förnuftigt släkte, sa han. Det måste de vara för att överleva.

Maria gallrade kryddlanden, låg på knä hela eftermidda-gen. Tills Setonius avbröt henne:

– Upp och spring innan benen stelnar på dig, sa han. Hon reste sig och lunkade iväg, men han skrattade åt henne:

– Spring, upprepade han. Du är ung och vacker som Afro-dite, du skall flyga över markerna.

Hon skrattade också. Men efter ett tag lärde hon sig, hon kände det åtminstone som om hon flög, som om hennes föt-ter knappt rörde vid gräset. Euphrosyne kom för att se till dem, sa tyst till Setonius att detta var vad flickan behövde.

Lite senare kom Octavianus med middagen i en korg. För första gången sen Leonidas försvunnit var Maria hungrig och slukade maten.

76

Allt kunde ha gått bra, Maria skulle alltid minnas åren mellan tretton och femton med glädje. Euphrosynes planer tog fastare form, hon minskade sin verksamhet och ställde in siktet på uppbrottet. Tillbaka till Korinth med Maria, de båda slavarna och de två äldsta kurtisanerna.

Men så blev Maria förälskad.

Quintus.

Det började oskyldigt, den artonårige romaren var ny gäst i glädjehuset en kväll. Och skräckslagen. Euphrosyne såg symtomen, hon hade sett dem förr. Pojken var rädd för kvinnorna och för detta äventyr som hans feberheta fantasier hade sysslat med så länge. Skygg och skamsen sökte han sig allt längre bort från vinet och glammet i den stora salen, rodnade när han mötte en kamrat som skrattade ut honom, kände att han ville spy, letade efter avträdet men hann inte fram utan vände ut och in på magen i trädgården utanför köket. När han torkat kallsvetten ur pannan fick han syn på en flicka i ljuset i köket och aldrig hade han sett en vackrare syn.

En gudinna med ett långt gyllene hår stod där och hackade lök.

Var hon slav, nej,det kunde inte vara möjligt.

Quintus blev stående blickstilla och kanske gick det en hel timma. En gång tittade flickan upp och han såg för första gången in i de märkvärdiga ögonen, blå, blåare än himlen en sommardag.

Nu frös han så han skakade. Han måste få hälsa på henne och få veta vem hon var. Och han hade tur, på kortsidan av huset fanns en dörr som ledde rakt in i köket. Han försökte öppna den ljudlöst men den skrek som en förolämpad katt och en storväxt karl i kockmössa snurrade runt och sa:

– Och vad vill lille herrn? Det här är ingen plats för husets gäster.

Quintus ville ljuga, ville säga att han gått fel men kunde inte.

– Herrn luktar spyor, sa kocken. Det går an att tvätta sig i badrummet här utanför.

Nu såg de märkvärdiga blå ögonen på honom och han undrade förvirrad hur ögon som är ljusblå kan vara så djupa.

Hon skrattade åt honom.

Han skämdes.

I badrummet tvättade han ansikte och händer och försökte gnugga bort fläckarna på togan. Utan att lyckas.

Men han vågade sig tillbaka till köket och stammade:

– Jag ville bara be om ursäkt.

– Det är bra, sa kocken och motade honom mot dörren och ut i trädgården.

Quintus samlade allt sitt mod och viskade:

– Vem är hon?

Kocken log, skakade på huvudet och sa som det var:

– Hon är Euphrosynes dotter och inte till salu.

När Octavianus kom tillbaka till köket ryckte han på axlarna och sa:

– Tokfan.

– Men han var vacker, sa Maria.

– Vacker! En nerspydd fyllkaja.

Redan tidigt nästa morgon var Quintus tillbaka. Huset sov, slutet och låst. Inte en människa skymtade. Han smög längs den yttre muren, följde den där den svängde av ner mot sjön. Nere vid strandkanten klättrade han över och fann ett gömställe mellan några stickiga buskar. Det var en ovanligt stor trädgård, välskött och blommande. Men den sov den också, bara fåglarna var vakna. Quintus frös och rabblade böner till Venus och fann till sin förvåning att hon lyssnat. För rakt över gräset och rätt emot honom kom flickan från i går.

Vad skulle han göra?

Några steg ifrån honom stannade hon, fann en kratta och och började arbeta. Han vågade inte andas men hans hjärta slog så att det måste höras genom buskarna.

Och det gjorde det antagligen för plötsligt såg flickan rätt på honom, förvånad men inte rädd.

– Det är bara jag, sa han.

– Jag ser det, sa Maria. Vad gör du här?

– Hittills har jag bara bett gudarna om att du skulle komma.

– De tycks vara gynnsamt inställda, sa hon och hennes skratt klingade ut över trädgården och fick fåglarna att tystna av förvåning.

Nu kom Setonius, en smula långsam och stel som så ofta om morgnarna.

– Så du är redan i gång, Maria, sa han och gäspade.

– Ja. Och kan du gissa vad krattan fann?

Setonius var inte upplagd för gåtor så här dags så han skakade olustigt på huvudet.

– En romersk soldat som har trillat ner från muren.

Setonius vaknade, tog ett kliv framåt och en lång titt på Quintus. Sen började han skratta.

– Jag skulle gärna vilja veta hur du trillade upp på muren, sa han och skrattet bredde ut sig över trädgårdsgångarna. Sen såg han närmare på pojken och tänkte att han trots sin förvirring såg trevlig ut. Till slut sa han.

– Jag har själv varit ung så jag vet hur det känns när det brinner i kroppen. Maria är vacker, javisst, men vi kan inte ha kåta hankatter springande här, det förstår du säkert. Har du ärliga avsikter får du gå till hennes mor och hövligt anhålla om att få träffa flickan.

Quintus bockade, rätade på sig och sa:

– Det skall jag göra.

– Bra, och nu försvinner du samma väg som du kom.

När Quintus klättrade tillbaka över muren stannade han sittande över krönet och vinkade till Maria.

– Vi ses, sa han.

– Vi får väl se, sa Maria, men han såg att hon inte var så oemottaglig som hon försökte verka.

Quintus hade vakttjänst fram till elfte timman. Han gick fram och tillbaka och repeterade i takt med stegen hur han skulle lägga sina ord när han talade med Euphrosyne. Hon var en ståtlig dam och han hade varit rädd för henne redan i går kväll.

"Mitt namn är Quintus Petronius. Jag är son till centurionen Gallus Petronius vid sjätte legionen i Syrien. Min mor och mina systrar bor i Rom, vi är inte rika men vi reder oss. Jag har kommit för att anhålla om fröken Marias hand."

Snart satt ramsan som spikad i huvudet.

Ändå var han så torr i munnen att han inte fick fram ett ord när han bugade sig för Euphrosyne. Hon satt som hon brukade på eftermiddagarna på sitt kontor och räknade med viss tillfredsställelse sina inkomster, nickade vänligt och frågade:

– Och vad ville soldaten?

Inte ett ord, hon blev tvungen att fortsätta innan tystnaden blev pinsam:

– Jag har hört av både min kock och min trädgårdsmästare att soldaten tycks ha en underlig böjelse för att trilla in bakvägar, genom köksdörrar och över murar.

Det ryckte i hennes mungipor och plötsligt kunde han se det komiska i allt han ställt till med. Han slog ut med armarna, försökte skratta och sa:

– Jag har inte för vana att bära mig åt som en idiot.

– Då hoppas jag att det inte händer igen. Vad Maria beträffar är hon en anständig flicka. Om soldaten vill träffa henne och hon vill det själv går det an att komma på visit.

Då föll han på knä, slog ut med armarna och fick äntligen de repeterade orden ur munnen.

Han är teatralisk som Octavianus, tänkte Euphrosyne och måste ge efter för skrattet. Han kände det som om han fått en örfil, hon såg det, samlade sig, sa:

– Det var bra att Quintus Petronius har hederliga avsikter. Men innan man talar om äktenskap bör man kanske känna varandra, eller …?

– Jag har känt henne genom tusen liv, sa Quintus som var fostrad i Platons anda. Men det förfelade sin verkan, Euphrosyne trodde inte på själavandring.

– Alla som drabbas av förälskelse blir en smula tokiga. Var inte ängslig, soldaten, det går över.

– Aldrig, sa Quintus så övertygat att hon nästan trodde honom.

Hon såg bister ut när hon gick före honom ut i trädgården där Maria arbetade. Hon satt i en driva av blommande krokus lika gyllene som hennes hår. Hon var klädd i en tunn tunika, ny såvitt Euphrosyne kunde minnas. Och blå som hennes ögon och sjön som glittrade i bakgrunden.

Oroväckande tecken, tänkte Euphrosyne. Högt sa hon:

– Maria, jag har kommit för att presentera dig för en ung man som brinner av längtan efter att få träffa dig. Men du får själv avgöra.

Quintus hade återigen tappat talförmågan.

– Han är som du märker inte så värst talför och verkar uppriktigt sagt inte särskilt begåvad, sa Euphrosyne.

Hon visste i samma ögonblick att det var dumt sagt, men hon var oroad av pojkens allvar och flickans förväntningar. Så hon fortsatte ilsket:

– Den unge token som heter Quintus Petronius har anhållit om din hand.

Hon fnös ljudligt innan hon fortsatte:

– Jag har sagt att han får tala med dig här men bara om Setonius är närvarande.

Till Setonius sa hon:

– Du ansvarar för min dotters heder.

Sen vände hon på klacken och gick tillbaka till sitt kontor med en obehaglig känsla av att hon redan förlorat slaget. Hon hade sett det i Setonius ögon och det fanns ingen människa vars omdöme hon litade mer på än trädgårdsmästarens.

Maria som var långt bortom sin styvmors ogillande tog Quintus hand i sin:

– Du kanske vill se vår trädgård.

Han hade växt upp i en gränd i Rom och var inte intresserad av blommor. Ändå lyste han av förväntan och försökte både se och lyssna när hon visade rabatterna och berättade om blommorna, buskarna och träden. Men han såg bara henne och lyssnade bara till den ljusa flickrösten.

– Har du sett vår oleander, sa hon. Det är en ovanlig sort och snart har den tusen rosa blommor.

Han såg på den stickiga busken och hade aldrig varit lyckligare.

Men tiden flög och kocken, som kände mycket större ansvar för händelsernas utveckling än vad Setonius gjorde, avbröt. Han sökte upp de unga och påpekade bryskt att kvällsmaten var serverad och visiten över.

– I morgon, sa Quintus.

– Ja. I morgon.

– Det finns inte mycket vi kan göra, sa Setonius till Euphrosyne.

– Antagligen inte, erkände hon.

Varje eftermiddag dök han upp, exakt vid elfte timmen. Euphrosynes kurtisaner fladdrade som fjärilar runt honom: "En sån söt pojke, en sån liten söt pojke."

– De bara retas, sa Maria tröstande. Kom så skall jag visa dig min hemliga grotta.

Kvinnopladdret steg mot skyn: "Jaså, du har en grotta, du Maria, en grotta, en hemlig grotta …"

Hejdlösa skratt.

Varken Maria eller Quintus begrep vad som var så roligt.

Grottan var rund som ett urblåst ägg, med väggar som slipats i århundraden av sjön som slog in under stormiga nätter. Setonius brukade torka kryddor här inne och det doftade av timjan och rosmarin.

Ljuset var milt, en skuggrik skymning. Och så var det tyst,

bara vågornas mjuka klanger när de slog mot berget hördes. Det bästa med grottan var ändå att den hade sin trånga öppning mot sjön. Ingen kunde se dem.

De sjönk ner i lövbädden, hand i hand, och sen utan att de visste vem som började och var det skulle sluta började de kyssas. Maria, den kloka och jordbundna, förlorade sitt förnuft. Vad är det som sker med mig, vad är det som sker? Till slut viskade hon orden i hans öra, han blev vaksam, drog sig undan.

– Maria, vi måste sluta.

– Varför?

– Därför att snart kan vi inte sluta. Vi sätter oss på berget och pratar.

På klipphyllan ovanför sjön där alla kunde se dem men ingen kunde lyssna började han tala. Nu hade han tusen ord för sin kärlek. Han hade drömt om henne i många år men aldrig vågat hoppas att få möta henne.

När han fick syn på henne i köket häromkvällen hade han nästan svimmat, sagt sig gång på gång att det inte kunde vara möjligt, att han såg i syne, att han drömde.

– Jag var ju full, sa han och hon log överseende och tänkte på hans mun, hur fint skuren den var och hur känsligt den speglade varje skiftning i hans sinne. Sen sa han som han sagt till Euphrosyne att de hade känt varandra genom tusen liv, att de mötts, älskat och skiljts åt av grymma öden. Kände hon inte det, hade hon glömt?

Nu var Maria fullt upptagen av att studera hans öronsnäcka, aldrig hade hon sett något mer fulländat. Hon böjde sig mot honom som för att viska något men kysste och bet i stället.

– Maria, vi tappar kontrollen.

– Jag har tappat min för längesen. Närmare bestämt för en timme sen.

– Setonius, sa han. Euphrosyne.

Hon nickade, förstod.

Plötsligt kände hon hur det drog i hennes underliv, en spänning hårdare än den hon hade före mens. Då först slog det henne vad flickorna skrattat åt, vad som varit så hejdlöst roligt i talet om den hemliga grottan.

I nästa stund stod kocken vid berget fot och ropade sitt: "Kvällsmat."

– Kanske kan du äta med oss, viskade Maria när de klättrade neråt.

– Nej, sa han vettskrämd vid tanken på de muntra kurtisanerna. Jag kommer tillbaka i morgon.

Maria lyckades få en stund ensam med Euphrosyne efter måltiden.

– Jag kan inte stå emot.

– Då får du väl ge efter, sa Euphrosyne ilsket.

I nästa stund ångrade hon sig, sprang efter flickan som flytt. Men Maria var försvunnen och huset började fyllas av kvällens gäster.

Ett väldigt gräl bröt ut i köket den kvällen. Octavianus slängde stekpannor på spisen så att oljan flög i heta gnistor, knäckte ägg med en kraft som om de varit stenar och skrek till Setonius att han skulle hemsöka trädgårdsmästaren med sin köttyxa om han en enda gång till släppte iväg de unga idioterna till grottan.

– Du har ju ansvaret, skrek han.

Setonius försökte säga att ingen kan kämpa mot ödet, varpå kocken skrek att han, Octavianus, både kunde och skulle det. Samt att han hatade alla satans greker för deras förbannade ödestro.

– En pilsk soldat och en smickrad flickunge – vad är det för öde med det.

Maria var ett barn och hade han haft något att säga till om skulle han låsa in henne. Tills hon tog sitt förnuft till fånga.

– Hon är bortskämd, hon har fått för lite stryk, skrek han.

Setonius såg olycklig ut.

Ingen av dem såg att flickan stod gömd bakom den öppna köksdörren.

Illa till mods.

Ett tag försökte hon hata den dramatiske kocken. Förgäves. Sen försökte hon tänka på Quintus och det spände i brösten och sög längst ner under magen.

De närmaste dagarna gick de båda unga längs stranden. När de inte satt demonstrativt fullt synliga på klipphyllan. En dag talade han om gud, judarnas enfaldige stamgud. Han citerade en romersk filosof som gjort om början av judarnas heliga skrift: "I begynnelsen skapade judarna gud och gjorde honom till sin avbild."

Quintus skrattade utan att lägga märke till att Maria inte var road. Men han höll med henne när hon sa att detsamma kunde sägas om alla gudar.

Oftast talade han om sina drömmar, om sin stora kärlek till henne och om den gyllene framtid som väntade dem.

Maria teg mest, slöt sig om sina hemligheter. Han frågade inte, inte heller såg han att hon började verka uttråkad.

En hel eftermiddag berättade han om sin familj, om modern som var judinna och hängivet dyrkade den hemske judiske guden.

– Hon har ett ord ur Skriften för varje tillfälle, sa Quintus och skrattade, snett och hånfullt.

– Men vad säger din far?

– Han är sällan hemma. Men han har förbjudit henne att göra mig till jude.

– Men dina systrar?

– Jag känner dem inte, sa han. De lever sitt eget liv i hemmet, ödmjuka och skriftlärda de också.

Maria lyssnade, lät sig inte distraheras av hans mun eller öron, inte ens av de bruna ögonen eller den bedårande luggen som ständigt föll ner i pannan.

Hon kunde se det framför sig, systrarna förvandlade till skuggor, moderns tysta makt, denna mödramakt som utövades med halva citat ur skrifterna.

Hela hennes varelse sa nej.

Högt sa hon:

– Vad tror du din mor säger när du måste tala om att du hittat din brud i ett glädjehus?

Han svarade inte och det var svar nog.

Hon blev inte ens ledsen. Hon sneglade på honom, undrade ett ögonblick om han förstod att hans bräckliga drömmar just hade gått i kras. Själv hade hon inte drömt, hon led bara av törst. Och den skulle hon släcka, Euphrosyne hade ju själv rått henne till det.

– Du kan komma hit i kväll, hoppa över muren och sök upp grottan. Jag möter dig där när jag kan komma ifrån.

Det var fullmåne när Maria smög genom trädgården, ut mot stranden och upp mot grottan där han väntade. De kysstes tills de förlorade vettet och Maria gav efter, lät lusten fylla mun och rygg, lår och bröst. Det gjorde ont när han trängde in i henne och hon skrek av njutning och smärta. Vid alla gudar, detta ville hon inte leva utan.

De sov en stund, en ljuvlig sömn. Sen måste hon väcka honom.

– Du skall gå nu, Quintus. Och aldrig mer komma tillbaka.

Nästa dag sa Maria till Euphrosyne att jag gjorde som du sa. Och nu kommer han inte tillbaka.

– Så mycket var hans kärlek värd, sa Euphrosyne.

– Just det. Men jag har haft en härlig stund och jag tänker inte avstå i fortsättningen.

– Maria, detta ville jag inte.

– Men jag vill.

Flickan hade blivit vuxen.

Hon tyckte om män, deras målmedvetna strävan att nå väl-

lusten och deras kroppar som nästan alltid var hårt knutna.
Hon lärde sig mycket och vågade alltid visa hur hon ville ha
det, hon var uppfinningsrik och krävande. En av kurtisaner-
na lärde henne hur man ger massage och hon fann att hen-
nes händer kunde få män att gråta. Det var inte svårt, efter
samlag är människan sorgsen.

Hennes kunder var noga utvalda av Euphrosyne, i första
hand romerska och grekiska officerare.

Någon gång tog hon emot en judisk man, han var mjukare
i kroppen men stelnade av ruelse efteråt. Då kunde hon inte
hjälpa honom, hon blev rädd för hatet som brann i hans
ögon.

Maria talade med Euphrosyne om det, hon sa att hon
grubblat mycket över den judiske guden som aldrig förlät de
synder som han själv bestämt att människorna skulle begå.

Men hon sa också att hon tyckte om judarna. För deras
höga ideal och fasta livshållning och för att många av dem
visade barmhärtighet.

Sen suckade hon:

– De lider av eviga skuldkänslor. Det är som om deras lag-
lydnad och goda gärningar aldrig räcker.

Maria Magdalena satt vid sitt skrivbord i Antiochia och läste förvånad berättelsen om hur hon på egen begäran blev hora.

Sanningen har alltid en baksida. Hon hade sällan tänkt på Quintus och helt utplånat samtalet med Euphrosyne.

Men i går när hon skrev hade hon pressat sitt minne till det yttersta. Och hittat en kättjefull tonåring och ett fjolligt svärmeri.

En pojke råkade gå förbi.

Och som hennes berättelse gestaltat sig hade pojken tänt en eld i hennes blod.

Bränsle måste ju ha funnits.

Kanske hade hon aldrig varit en oskyldig femtonåring?

Hade erotiken suttit i väggarna där i glädjehuset, hade hon andats in den med luften? Eller brinner det i kropparna på alla unga flickor?

I så fall återstod frågan varför de flesta lyckas stå emot och bevara sin oskuld. Och svaret ger sig självt, i deras uppfostran fanns starka tabun. I hennes? Plötsligt mindes hon orden hon en gång sagt till Euphrosyne: "Jag har aldrig haft någon att likna." Betyder det att jag är utan moral?

Var det det Jesus menade när Han sa att hon hörde till de oskuldsfulla?

Nu levde hon i celibat med en man som hon älskade som en bror. Kroppens lust, vart hade den tagit vägen?

Hon log lite, nog kunde hon känna av den i flyktiga ögonblick. Som när hon någon gång mötte den judiske rabbinen i enrum.

Han var en härlig man och de vågade aldrig se på varandra.

Han hade ljuvliga händer.

Lika lockande som Quintus öronsnäcka en gång.

Men hon brann inte längre. Hon iakttog nästan road kroppens reaktioner, blodet som hettade i ådrorna, spänningen i brösten, kittlingen i underlivet.

Hon hade lagt ett stort avstånd mellan sig och sin lust. Som Euphrosyne. Maria tänkte att hon skulle skriva ett brev till sin styvmor. Och övertala Leonidas att ännu en gång besöka Korinth. En resa, de kunde segla när sommarhettan var över.

Svalkan kom med vinden från havet, som vanligt om efter-middagarna i Antiochia. Det hade varit en het dag och Maria gick ut för att vattna sin trädgård.

Hon suckade när hon såg ut över sina blomsterodlingar. Inga blommor log mot henne, vicker och reseda, nejlikor och gulsporre hade levt sitt halvårsliv, stod där och rasslade, torra och döda.

Det såg skräpigt ut.

Men än var det inte tid att klippa rent i odlingarna. De döda blommornas frön, nästan osynligt små och inneslutna i vattentäta skal, höll som bäst på att borra sig ner i den brän-da jorden.

Lite fukt kunde hjälpa dem, tänkte Maria och fyllde en ny kanna.

Iris och cyklamen verkade också döda men här vattnade hon rikligare i förtröstan på rotknölarna. De skulle överleva hettan även denna sommar. Och blomma på nytt efter vin-terregnen. En enda blomma, torkad till silkepapper, lyste blå bland irisen och Maria mindes hur modern flätade hennes hår och sa att hennes ögon hade samma färg som irisen.

När Maria gick till brunnen för att hämta ännu en kanna vatten svepte vindarna ner från de övre terrasserna och förde med sig doften av de oljerika buskarna, timjan och salvia, ore-gano och rosmarin. Hon drog djupa andetag genom näsan, njöt och tänkte på hur sinnrikt det var ordnat med de doftan-de oljorna som skyddade kryddväxterna från uttorkning.

Sen gick tankarna till Setonius, han som hade lärt henne hur man vårdar en trädgård. Euphrosyne hade frigivit honom så snart hon kommit tillrätta i sitt nya hus i Korinth. Och han hade gjort som han drömt i många år, återvänt till sin ö och sina gudar i Joniska havet. Han var borta några månader. Sen kom han åter till Euphrosyne och var fåordig.

Till Maria Magdalena hade han sagt att allt därhemma var som han mindes det. Men att han hade glömt hur trångt det var.

De hade enats om att livet inte erbjöd några vägar tillbaka. Nu hade han anlagt en ny trädgård i Korinth.

Maria kände plötsligt att hon hade ont i ryggen och som modern en gång la hon en knuten näve mellan skulderbladen. Och sträckte på sig. I samma stund hörde hon hästar klappra mot gatan och en vagn som gnisslade framför hennes port. Det var Livia, blek med röda fläckar på kinderna.

– Mera är i Isis tempel för att föda. Men något har gått galet, barnet ligger fel och kommer inte ut. Hon bad mig hämta dig, kom, kom fort.

Maria hann tvätta händer och ansikte och dra en nytvättad mantel över axlarna innan hon låste huset och gav nycklarna till grannfrun som hon brukade.

– Leonidas vet, sa Livia när de satt i vagnen. Maria såg att hon skakade och tog svägerskans hand i ett fast grepp. Men hon hade inga tröstande ord, kunde bara nicka när Livia försäkrade att prästinnorna i templet var kända för sin skicklighet i förlossningskonsten.

Maria blundade och bad. Till judarnas allsmäktige gud? Hon visste inte.

Templet var en stor rund byggnad kring en öppen gård, också den rund. Framför porten till förlossningsrummet satt Isis på sin bronsstod, främmande och självklar på samma gång. Hon lyste av inåtvänd ömhet mot barnet i sin famn.

De hörde Mera skrika av smärta och rädsla. De två prästinnorna försökte lugna henne, men deras ord nådde inte fram. En av dem höll handen på Meras buk som rörde sig som i vågor i storm.

– Nu Herre Jesus, hjälper du mig.

Maria visste inte om hon sagt det högt, det hade inte heller någon betydelse. Det viktiga var att Han hört henne.

Hon gick fram till Mera, tog hennes huvud mellan sina händer och tvingade henne att möta sin blick.

– Nu kommer smärtan att försvinna, Mera. Men bara för ett ögonblick. I den stunden skall du tänka på fåglarna som seglar i skyn, på den tillit de har till vindarna. De är så säkra på att till och med stormen bär så länge de kan flyta med vinden i lugn förtröstan. Nu är du fågeln och den kraften som drar genom din kropp är vinden. Känner du det, Mera, känner du. Ge efter, följ med.

Mera nickade.

En av prästinnorna sa:

– Vi måste klippa upp henne.

– Gör så, sa Maria och fixerade blicken i Meras. Hon fick använda alla sina krafter för att hålla Mera kvar i bädden medan operationen pågick.

– Andas, sa hon. Andas lugnt.

Det var över på ett ögonblick, prästinnan nickade mot Maria:

– Det är dags att krysta.

– Snart kommer stormen, sa Maria till Mera. Och du måste följa, utan motstånd. Nu, känner du hur den väldiga vinden drar genom din kropp, det gör ont men det är storslaget också. Följ med, hjälp till, du flyger.

Mera slog ut med armarna, skrek:

– Jag dör.

Maria skrek lika högt i örat på flickan:

– Nej, jag håller i dig. Följ med, skjut på.

En halvtimma senare var pojken född, och efter ytterligare en stund badad och uppvisad för Isis i porten. När barnet bars ut till gudinnan kände Maria ett avstånd, en rädsla. Men i

93

samma stund anade hon Hans leende, Han skrattade åt hennes fördomar.

Natten stod mörk utanför, det var efter midnattstimman, barnet sov på moderns arm. Det sista Mera sagt innan hon somnade var:
– Du lovar att stanna, Maria.
– Jag lovar.
Hon fick en bädd bredvid Mera, mjuka bolster och lätta täcken. Innan hon somnade hann hon tänka att Gud föds på jorden med varje barn. Hon väcktes en gång under natten av att pojken skrek, hungrigt och livskraftigt. Men hon behövde inte ingripa, nästan med vördnad såg hon hur Mera la pojken vid sitt bröst. Som om hon alltid vetat hur man gör.
Sen somnade de om, alla tre.

Maria vaknade i gryningen i en känsla av att hon var iakttagen. Det var Mera som ammade sin son och såg på Maria med ögon som lyste av glädje.
– Det var fint det du lärde mig om vinden.

En stund senare kom de båda prästinnorna tillbaka med varmt vatten. Det luktade starkt av eteriska oljor och något mer? Ättika, tänkte Maria förvånad.
– Nu måste vi få mor och barn rena. Fru Maria får gå en promenad på gården under tiden.

Det var skönt att komma ut i frisk luft och se solen sprida sneda strålar över den runda gården. I mitten fanns en stor sten, svart som ebenholts, och vid den låg en gammal kvinna på knä, försänkt i bön.
Jag borde be jag också, tänkte Maria, tacka för hjälpen.
Men hon förmådde inte be här vid hedningarnas heliga sten.
I samma stund vände den gamla sig om, log mot Maria och sa:

– Din gud har säkert inget emot vår gudinna.

Det var första gången Maria snuddade vid insikten att den gamla läste hennes tankar.

Sen sa hon utan att veta varifrån tanken kom:

– Jag kände en gång en man som sa att i begynnelsen skapade människorna gud och gjorde honom till sin avbild.

Den gamla log, skrattade nästan:

– Så är det naturligtvis. Vi skapar de gudar vi behöver och dyrkar dem så länge de fyller våra behov. Det är det som gör judarnas gud så storslagen. Han är en och han är allt som en människa är, grym och maktgalen, god och full av nåd.

Maria kände hur hennes knän ville vika sig, hon måste ta stöd mot avgudastenen. Den gamla såg, sa:

– Följ med mig in och ät morgonmål. Det är länge sen du fick något ordentligt i magen.

Innan de nådde porten stannade den gamla.

– Det är mörkt därinne, sa hon. Låt oss stå här ett ögonblick och se på varandra.

Maria såg in i ett uråldrigt ansikte med hy som gammalt läder och en bred mun med överraskande friska tänder. Ögonen var utan ålder och blicken öppen.

Prästinnan såg Maria, spenslig men envis och obruten trots att hon gjort stora förluster. Det fanns en visshet i de blå ögonen. Men det fanns också en underlig vanmakt över hennes gestalt, som ett skepp som sköljts in i en hamn dit inga vindar nådde.

De gick in, den gamlas rum var så mörkt att ögonen fick svårt att vänja sig. Runda väggar här också, mörkt som i en livmoder. De satt tysta vid bordet medan maten dukades fram. Maria var hungrig, hon tog ett bröd och bet i det. En fånig tanke for genom huvudet, hon skulle vilja ha receptet.

Sen försökte hon tacka för all den hjälp hennes unga släkting fått. Men den gamla ville inte höra fraser. Hon sa:

– Du har en stark gud.

Maria hann inte tänka, för första gången sen hon kom till

Antiochia sprang hela den fantastiska historien om Jesus från Nasaret fram ur henne, som ur ett källsprång som inte längre kunde hejdas. Hon grät inte, inte ens när hon kom till korsfästelsen. Först när hon berättade om hur apostlarna stötte ut henne och de andra kvinnorna ur gemenskapen, bröts rösten.

Den gamla såg ledsen ut.

– Jag hade hoppats att den nya gudsmänniskan skulle återupprätta den kvinnliga kraften på jorden.

Då grät Maria.

– Ingenting kommer att förändras, sa hon till slut. Apostlarna är judar, rotade i urgamla fördomar att kvinnan inte har någon själ och att mannen är den enda människan.

– Det gäller inte bara judarna. Den gamla gudinnan förlorar makt i hela vår värld. Människorna frigör sig från åkerbruket, från födandet och livsflödet. Vi är på väg mot de stora städernas tid, köpmännens.

De avbröts av en ung prästinna som meddelade att kvinnorna från hamnstaden anlänt och väntade på prästinnan ute på gården.

Den gamla förklarade:

– Vi tar hit de prostituerade i grupper, botar deras sjukdomar och skador så gott vi förmår. De får vila, bada och får nya kläder. Tyvärr är det allt vi kan göra.

Maria tänkte på Jesu ord och på allt hon försummat:

"Jag var hungrig och ni gav mig att äta. Jag var törstig och ni gav mig att dricka, jag var hemlös och ni tog hand om mig, jag var sjuk och ni såg till mig, jag var i fängelse och ni besökte mig."

När de skiljdes ute på gården stod solen redan högt. En ny het dag hade börjat.

– Får jag komma tillbaka.

– Kom tidigt, mornarna är min bästa tid.

Maria sneddade över gården och undvek att se på de prostituerade med deras bjärt målade ansikten.

Inne hos Mera satt Livia, blek och trött.
Barnet sov, Maria tog farväl av Mera och viskade:
– Jag kommer tillbaka i morgon.

På gatan utanför väntade Leonidas.

Det var först när Maria berättade för Leonidas om samtalet med den gamla prästinnan som hon insåg hur orimliga morgonens händelser varit.

– Du berättade!

Han ville inte tro henne.

Maria satt tyst innan hon med stor säkerhet sa:

– Hon visste.

Leonidas skakade på huvudet.

– Jag tror inte prästinnorna kan se i det förflutna, sa han. Däremot är de skickliga i att läsa andras tankar.

– Det kan ju vara samma sak.

– Jag antar det.

– Jag tänker ta av mina syndapengar och ge till deras arbete med hororna i Seleukia.

– Du gör som du vill.

Hans röst var kort som alltid när samtalet föll på gåvan från den gamle tribunen i Tiberias. Hon bytte samtalsämne:

– Är du glad över det nya barnet?

– Jodå, för Meras skull. Och för Livias.

Hon förstod, han hade svårt för Meras man, den skrytsamme Nikomakos, som hade många åsikter och stor maktlystnad. Och vars inflytande i köpmanshuset skulle öka nu när han fått en son.

I gryningen nästa morgon gick Maria genom porten i Isis tempel och fördes genast till den gamla som återigen bjöd på nybakat bröd. Denna morgon hade hon tänt en oljelampa. Den förmådde inte mycket mot de mörka väggarna i den runda salen men tillät dem att se varandra.

– Jag har tänkt mycket på din berättelse och vill gärna höra mer om Jesus och hans syn på kvinnorna.

Maria tänkte efter men fann inga svar.

– Han hade ingen åsikt om kvinnor, sa hon till slut. Han såg dem som människor, han smickrade dem aldrig och var inte beskyddande mot dem. Han godtog alla människor som han fann dem. Han hade inga fördomar.

Den gamla skrattade och sa:

– Han saknade den manlighet som ständigt måste försvaras.

Maria log och nickade:

– Det är sant. Men han hade en stor vrede.

– Vem var hans mor?

– Hon var änka och en stark människa. Det är ju också så hos judarna att kvinnorna har osynlig makt.

Prästinnan sa som hon sagt dagen innan:

– Det gäller inte bara judarna. Om kvinnorna inte hade den makten skulle orättvisorna mot dem minska.

Maria skrattade högt:

– Om kvinnorna öppet använde sin makt skulle vi få krig mellan könen.

Den gamla bytte samtalsämne:

– De kristna talar om Guds rike som snart skall komma?

– Jesus talade om det nya riket som inte var av denna världen. Himmelriket är nära, sa han. Men det missförstods, som så mycket annat. Man glömde att han sa att himmelriket fanns inom oss och det nya riket mellan oss.

Prästinnan drog ett djupt andetag och rösten var stram när hon sa:

– Det är viktigt att du ger din syn på det som hände.

– Jag skriver. Men det blir så personligt.

Den gamla skakade på huvudet och sa:

– Vilket innebär att ingen behöver ta det på allvar.

– Det finns en sak till som gör uppgiften svår. Jag kan höra honom säga: Skriv inga lagar om detta som jag har uppenbarat för er, gör inte som lagskrivarna.

De skiljdes åt, Maria gick för att besöka Mera och barnet.

Denna andra natt efter barnets födelse hade Livia stannat hos sin dotter. Hon hade beslutat sig för att sova länge, av lättnad för barnet och för att allt gått väl.

Men sömnen svek henne.

Det var oron för Mera och hennes man, en skrytsam ung-tupp ur stånd att känna med någon annan. När han fått budet om sonens födelse hade han bjudit husets alla medarbetare på vin och själv druckit sig berusad. Sen hade han försvunnit i de vilda kvarteren i Seleukia.

Så var det Maria. Livia var ärlig nog att erkänna att det var svartsjuka som drev henne att älta mörka tankar om svägerskan. Hon hade stigit in till Mera som en drottning, bett till någon okänd gud och tagit befälet. Och detta prat om vinden hade gjort Livia rasande. Vindarna bär minsann inte den fågel som inte lärt sig den svåra konsten att flyga, tänkte Livia.

Efteråt, när pojken var född, hade Maria dragit sig tillbaka i sin vanliga ödmjukhet. Livia avskydde de ödmjuka, hon misstänkte att de dolde en högmodig ande.

Till slut måste hon ändå ha sluppit undan sina mörka tankar. När Mera vaknade för att amma sitt barn sov hennes mor så tungt att inte ens prästinnornas muntra morgonhälsningar väckte henne.

Mera kände en stor ömhet för sin mor.

– Hon är trött, hon har varit mycket orolig, sa den yngsta prästinnan.

– Ja.

Och Mera tänkte på att Livia hade starka skäl att vara orolig även i framtiden.

När de fick sitt morgonmål vaknade Livia, lyckades le mot sin dotter och den lilla pojken.

Maria hade redan kommit och satt i samtal med templets moder, fick de veta och Livias ögon hårdnade. Två häxor, tänkte hon, det är klart att de söker sig till varandra. I nästa stund skämdes hon och försökte dölja sin fula tanke bakom ett snett leende.

Mera badade sin pojke själv denna morgon, det var ljuvligt och hon hade säkra händer. Men den stora glädjen ville inte infinna sig.

– Mor, jag åker inte hem med barnet till köpmanshuset och Nikomakos.

– Men vart skall du ta vägen? Livia viskade.

– Du vet att han slår mig.

Livia drog efter luft, men samtalet avbröts av Maria som knackade på dörren, kom in med blommor och såg ut som glädjen själv. Men hon stannade på halva vägen och sa:

– Något är på tok?

Livia samlade sig men rösten var ostadig när hon sa:

– Släktens kvinnor har fått ett problem.

Sen hann hon inte längre, dörren slängdes upp och där stod Nikomakos, full och skränig. Han stank av surt vin och vrede. Den första han fick syn på var Maria, han gick rätt på henne och skrek:

– Så där står du, din skenheliga kossa som inte har kunnat ge släkten en arvinge. Du behöver inte anstränga dig längre. Och inte din bög till karl heller. Nu finns det en arvtagare och det är min son.

I nästa stund förde fyra starka kvinnor ut Nikomakos på gatan.

– Han hittar väl hem, sa en av prästinnorna när hon kom tillbaka och Mera svarade, att ja, hem hittar han alltid.

Några timmar senare förde de Mera och hennes barn till Leonidas hus.

Maria teg om Nikomakos angrepp på henne, men Livia som Leonidas mötte i köpmanshuset var inte lika hänsynsfull. Sen blev hon rädd när hon såg hans reaktion.

Bara några dagar senare hade Leonidas ett samtal med Nikomakos. Vad som blev sagt vid mötet fick Maria inte veta, bara att Nikomakos skulle flytta till köpmanshusets kontor i Ostia för att lära sig hur sidenhandeln sköttes i den stora mottagarhamnen utanför Rom.

– Hur fick du honom att gå med på det?

– Jag ställde ultimatum. Han har gjort sig skyldig till en del oegentligheter här.

Leonidas ton var kort och Maria tänkte som många gånger förr att det fanns en Leonidas hon inte kände.

Mera och barnet blev kvar ännu några veckor hos Maria, som fick svårt att koncentrera sig på sin skrivning. Inte för att Mera störde henne, nej, det var barnet med sin ljuvlighet som höll henne från arbetet. Han hade magknip om kvällarna och svårt att somna och Maria gick fram och tillbaka med honom, sjöng och jollrade. Hon hade aldrig sörjt sin egen barnlöshet, men nu sved förlusten i hennes kropp.

Även andra förändringar följde. Livia vägrade att låta Mera bo i ett hus så dåligt bevakat som Marias och utan tjänare till hjälp i hushållet.

– Jag antar att du tror att din oskuldsfullhet skyddar dig från världens ondska, sa hon. Men den skyddar knappast Mera och barnet. Antiochia blir farligare för varje år som går, plundringar, ja, rån och mord sker mest varje dygn.

Hon fick medhåll av Leonidas som länge oroat sig för Maria, hennes ensamhet i det oskyddade huset och hennes vandringar på egen hand i staden. Nu ställde Maria gårdshuset i ordning och inredde det omsorgsfullt åt tjänarna.

Livia såg förvånad på, sa:

– Du måste skämmas för att ha slavar.

Maria svarade med ett enkelt:

– Ja.

Terentius var nubier, lång, och kraftfull. När Maria hälsade på honom tänkte hon att hon aldrig sett en vackrare karl, bronsfärgad med ansiktsdrag som en egyptisk farao. Sen kom hon på vem han liknade, han var släkt med statyn av Isis på templets gård.

Hon tyckte om honom från första stund. Även hans hustru, en finlemmad, gracil kvinna med ödmjukt nerslagna ögonlock.

Vad han och hustrun tyckte om henne skulle hon aldrig få veta, de var gåtfullt slutna om både känslor och tankar.

Och snart fick hon erkänna att det var skönt att höra Terentius steg om nätterna då han gick runt hus och trädgård. Att det kändes tryggt att ha honom några steg bakom sig när hon gick till synagogan och marknadsplatsen. Och att slippa städa.

Bara matlagningen skötte hon själv.

En gång när hon satte en deg i sitt kök och han gick förbi såg hon skuggan av ett leende i hans ansikte.

När Mera motvilligt gav efter för sin mors krav att hon skulle flytta hem med sitt barn, sa Leonidas:

– Jag vill att Terentius och hans hustru blir kvar.

Maria hörde på tonen att han var inställd på protester och han sa innan hon öppnat mun, att jag tänker inte ge efter på den här punkten, Maria.

– Jag har redan sagt Livia att jag vill köpa dem.

När Leonidas började samtalet hade Maria blivit lättad, hon var glad över hjälpen och tryggheten som de båda tjänarna gav henne. Det var när hon hörde honom säga köpa som hon sa:

– Får jag ställa ett villkor?

Han teg, hon blev tvungen att fortsätta:

– Jag vill att vi ger dem fria. De stannar säkert och kräver inga stora löner.

– Om du är säker på det har jag inget att invända.

– Vi talar med dem.

Samtalet med de båda nubierna blev inte som Maria tänkt. De sa att de var glada att få stanna, de trivdes bra både med sysslorna och med huset. Men de ville inte få fribrev.

När Terentius såg Marias förvåning sa han att de var vana vid att höra till en familj, att det gav trygghet och skydd. Det var ovanligt många ord för att komma från honom och Maria anade att det kostade på, både orden och beslutet.

Nu kom en tid då Maria skulle ägna sig åt sin skrivning. Men redan första dagen blev hon avbruten.

Det var rabbi Amasja som kom, ensam, tidigt på förmiddagen. Som vanligt ville han inte gå in.

De satt i trädgården mot gatan, väl synliga. Han hade en tjock pergamentrulle under armen och sa:

– Vi har fått ett brev från Petrus, den kristne aposteln. Det är långt och skrivet på en ... rätt svårförståelig arameiska. Dialektal skulle jag tro. Nu vill jag fråga om du vill åta dig att översätta det till grekiska.

Hennes första impuls var att säga nej. Men sedan hörde hon hur vinden rörde sig i de höga cypresserna och tyckte sig ana Hans leende. Och så tänkte hon på sitt samtal med den gamla prästinnan och sin egen insikt att det hon hittills .försökt skriva var för personligt. Att hennes avsikt ju varit att försöka ge sin bild av Jesus och vad han lärt. Och att det kunde vara viktigt att jämföra den med Simons.

Så hon nickade mot cypresserna och sa till rabbinen:

– Visst vill jag försöka.

Hela dagen blev hon sittande med det långa brevet. Det var illa skrivet som rabbi Amasja sagt, hon fnös, Simon Petrus var en obildad människa. Sen skämdes hon, så skulle aldrig Han ha tänkt.

Med skammen följde tanken: Det var Mästaren själv som valde den enkle fiskaren från Kafarnaum. Vad hade Jesus sett hos mannen? Hans redbarhet, hans styrka? Ja. Och något mer, hans stora barnsliga hjärta?

Det tog lång tid för henne att läsa brevet. Hon stannade av förvåning redan i inledningen där Petrus slog fast att vi var födda på nytt genom Jesu Kristi uppståndelse från de döda.

Och längre fram: "… ni har friköpts från ett meningslöst liv med blodet från ett lamm utan fel eller fläck."

"Kristus själv dog för era synder, en gång för alla. Rättfärdig dog han för er orättfärdiga."

Maria hade hört Leonidas säga att de kristna såg Jesu död som ett offer. Men hon hade inte förstått vidden av den läran. Själv hade hon grubblat i många år på varför Han valde den hemska döden på korset. Den nya lärans folk behövde inte grubbla, de hade svaret.

Men sen mindes hon påsken i det stora templet i Jerusalem, Guds hus förvandlat till ett slakthus, djuren som skrek, blodet som forsade.

Petrus skrev mycket om ödmjukhet men var den av samma slag som Jesus talat om?

"Ni som är slavar, underordna er era herrar, lyd och respektera dem … också de orättvisa … om ni står ut med att misshandlas när ni har gjort rätt, då är det något stort i Guds ögon."

"… och ni kvinnor, underordna er era män."

Mycket i det långa brevet var judiskt präglat, det var en jude som kunde lagen som förde ordet:

"… ni är ett utvalt släkte, kungar och präster, ett heligt folk, Guds eget folk som skall förkunna hans storverk."

Hela eftermiddagen arbetade Maria med översättningen, la ner möda på att följa den arameiska texten, finna rätt förståelse och de bästa orden. Men hon var egendomligt upprörd.

Hon sov dåligt om natten. Leonidas var på resa till Rom, hon hade ingen att tala med. Nästa dag kontrollerade hon sin skrivning, jämförde den med originalet och skickade Terentius med manuskriptet och vänliga hälsningar till rabbinen. Själv ville hon inte träffa honom, hon ville inte diskutera.

Men oron lämnade henne inte och hon hade svårt att samla tankarna och fortsätta sin egen skrivning.

Någon vecka senare när hon som vanligt satt böjd över sin egen skildring, hörde hon hur det bankade på gårdsporten. Ögonblicket efter anmälde Terentius att rabbinen och två andra herrar sökte henne. Den långe nubiern såg högtidlig ut.

– Be dem komma in.

I den första förvirringen kunde hon bara se en av dem. Simon Petrus stod där och fyllde rummet med sin kropp och sin kraft. Rabbi Amasja försökte säga att de kommit för att tacka henne för översättningen. Men hans ord dränktes av Simons röst som ropade:

– Maria, Maria Magdalena.

Han grät när han omfamnade henne, föll på knä, kysste hennes händer.

– Min syster.

Maria var vit som ett lakan och egendomligt stel. Hon försökte säga några ord för att avleda spänningen i rummet, men tungan lydde henne inte. Först när hennes blick mötte Terentius som blivit kvar i dörren kunde hon viska:

– Vi bjuder på vin och frukt i pergolan.

Den närmaste stunden skulle hon aldrig kunna påminna sig, hennes huvud var blankt och hennes sinnen förlamade. Simon Petrus fortsatte att larma, att kyssa hennes händer, att ropa ut för världen att de äntligen funnit den lärjunge som Jesus älskade mest.

Orden trängde genom hennes förstelning, vreden fick blodet att pulsera i hennes ådror, hon rodnade, satte sig och spände ögonen i Petrus. Och rösten bar när hon sa:

– Senast vi sågs sa du att jag var en lögnerska och skickade bort mig.
– Ja.
Nu var det hans röst som inte bar, han viskade:
– Kan du förlåta mig.
– Jag antar att vi måste försöka förstå varandra.
I samma ögonblick hon sagt det insåg hon att det var en inbjudan till samarbete. Ville hon det? Måste hon det?
I nästa ögonblick kom Terentius med förfriskningar, Maria serverade utan att darra på hand, de fick alla en stund för besinning.

Maria nickade mot den tredje mannen och sa:
– Jag tror inte att vi känner varandra.
– Mitt namn är Paulus.
Maria drog hörbart efter andan, hon mindes ett samtal mellan rabbinen och Leonidas där de talat om Paulus från Tarsus som kristendomens store tänkare, han som skulle lägga grunden till den nya läran.
– Jag har hört talas om dig, sa hon och lyckades dölja att hon var förvånad. Vid första anblicken var Paulus en obetydlig man, liten till växten, krokig i ryggen och utan några särdrag i ansiktet. Den storvuxne dramatiske Petrus nästan utplånade honom.
– Jag har länge önskat att få möta dig, sa Paulus. Jag ville höra ditt vittnesmål om vår Mästare.
Nu såg hon att hans ögon var intelligenta och hans blick genomträngande. Men hon mötte den stadigt när hon svarade:
– Mina bilder av det obegripliga är annorlunda och jag fruktar att de kan stöta dig. Jag är långt ifrån så säker i någon sak som Simon Petrus.
Simon avbröt:
– Men du var ju den Han älskade mest.
Det blev en lång tystnad medan Maria lugnade sitt hjärta och samlade sina tankar.

107

– Låt oss ta detta som Simon säger som ett exempel på hur våra åsikter går isär. Eftersom vi i hans följe var vanliga människor med små tankar och stor avundsjuka blev det mycket tal om detta, vem han föredrog, vem som stod honom närmast. Ett syskonkiv, sa hon och letade efter ord.

– När Jesus talade om kärlek var det inte de personliga banden han menade. Han älskade, hans kärlek kunde inte mätas eller riktas, den omfattade alla, vid varje möte. Inte mer eller mindre, inte olika från människa till människa.

– Han var alltid helt och hållet närvarande i varje stund, vid varje möte. Den som mötte honom om än aldrig så tillfälligt fick hela hans uppmärksamhet och all hans kärlek.

Nu log Paulus för första gången och leendet förändrade honom. Maria fortsatte:

– Jag har tänkt många gånger under åren som gått att han var för stor för oss. Vi kommer aldrig att förstå, vi kan bara försöka tolka. Och det gör vi utifrån våra egna fördomar.

Plötsligt rodnade hon och Paulus såg att det var vreden som färgade hennes kinder.

– När jag översatte ditt brev blev det så tydligt, sa hon vänd till Simon: "Ni kvinnor underordna er era män …", skrev du. Hörde du honom någonsin säga det. Nej! Han sa: "Här må inte vara kvinna eller man." Han är den ende man jag någonsin mött som bemötte kvinnor som människor, med respekt. Han beskyddade dem inte, han gjorde sig aldrig lustig över dem …

Hon riktade blicken mot Paulus igen och fortsatte:

– Tänk efter. Han kom för att förkunna tålamod, ödmjukhet och kärlek. Och vilka övar de dygderna om inte mödrarna?

Paulus ansikte hade skrumpnat igen, men Maria lät sig inte hejdas.

– Vi var lika många kvinnliga lärjungar som manliga, kvinnor omgav honom ständigt. Ända till Golgata då de flesta av hans apostlar flytt. Kring korset stod vi, hans mor, Susanna, Salome, Maria, Klopas hustru och jag.

– Och Johannes, du glömmer Johannes.

– Det är sant, Johannes fanns där under den långa pinan. Han var den som var yngst och barnsligast och därför förstod mest.

Det blev en lång tystnad, Paulus var kluven men samlade sig och sa slutligen:

– Maria, får vi komma tillbaka. Och får jag ha med mig min skrivare. Det är en ung man, nästan bara en pojke. Men han är rask i fingrarna och jag vill gärna ha dina berättelser på pränt.

– För att ha med dem när den slutliga berättelsen skall skrivas.

– Ja.

– Då är ni välkomna.

De bestämde tid nästa dag och männen reste sig.

I dörren ställde Paulus sin sista fråga:

– Jag antar att du hade hört talas om Jesus när du sökte upp honom i Kafarnaum. Var det för att du ville bli befriad från dina plågor?

– Nej, sa hon förvånad. Jag hade inga plågor. Men vi hade träffats en gång och jag var intagen av hans sällsamma väsen.

– Ni hade träffats?

– Ja, sa hon. I de galileiska bergen. Av en tillfällighet.

Sen log hon och sa:

– Om det nu finns några tillfälligheter.

Maria hade ingen att tala med, Leonidas skulle komma hem först nästa vecka. Hon försökte äta av den mat Terentius serverade henne, men hon förmådde inte. Hon var rädd.

Jag måste vara sann, men jag behöver inte säga allt.

Hon gick till sängs tidigt men kunde inte somna. Plötsligt stod minnet glasklart för henne, de skimrande bilderna av deras första möte.

DEL II

Det var tiden efter de stora regnen, den månad om våren då vattnet sprang ur dolda källor i bergen och jorden grönskade. Maria hade vandrat genom ängens alla nyutslagna gräs där tusen solröda anemoner lyste.

Vid bergets fot kläddes marken av gyllene krokus, hon stannade och drog in doften av ljus parfym och sträv saffran. I samma stund hörde hon bäcken brusa utför berget. Och ett stycke högre upp ett stilla sorl från dammen där vattnet vilade sig innan det måste vidare över åkrarna på sin väg till byar och brunnar.

Nu klättrade hon i en getstig som hon kände väl trots att hon aldrig tidigare varit i dessa trakter. Allt var välbekant, luften som var genomskinligt blå och stilla, de långa fågelsträcken som ropade från himlen på sin färd mot norr och stannfåglarna som sjöng i terebinternas kronor.

Setonius följde henne som en skugga. Han nickade, belåten, när de fann hyllan vid dammen.

– Här under klippan kan du inte ses från bergen. Och inte från vägen där de höga träden skymmer.

Han var rädd för judiska upprorsmän. Men Maria sa lugnande att det var många år sen Judas galiléns krigare drog fram i bergen.

– Du behöver inte vara orolig.

– Jag är tillbaka om några timmar och du har bröd och ost i korgen, sa han.

Maria lyssnade till hans steg som försvann neråt stigen och gladdes åt ensamheten. Hon formade händerna till en skål

113

och drack sig otörstig, tog av sig manteln och huvudduken och sänkte hela sitt huvud i dammen.

Sen tvättade hon hals och armar och kammade det utslagna håret med fingrarna.

Till sist lutade hon sig mot klippväggen och lät solen torka henne.

Det föll skär blom i det våta håret, hon såg upp och log mot det unga mandelträdet som slagit rot i en klippskreva.

Även trädet kände hon.

Men det fanns en smärta i återseendet. Moderns röst: "Ty se vintern är förbi och regnen har gått sin kos, blommorna visa sig på marken och turturduvan låter höra sin röst i vårt land …"

De hade ridit ut från Tiberias tidigt om morgonen, hon och trädgårdsmästaren, klädda i grå livklädnader och slitna mantlar. Över åsneryggarna hängde de stora säckarna fulla av stickiga kvistar och torra grenar. Det var Euphrosynes idé.

– Ingen syn är vanligare längs vägarna än en gubbe och en gumma som samlar ris, hade hon sagt.

Och som vanligt hade hon haft rätt, ingen hade lagt märke till dem, inte de romerska ryttarna, inte de brådskande vandrarna med sina viktiga ärenden och ingen av de köpmän som färdades i åsnedragna vagnar på väg söderut till Alexandria eller norrut mot Damaskus.

En god stund före middagstid hade de hittat avtagsvägen och nått fram till Noemis by. Maria hade utfört sitt uppdrag och oförmärkt lyckats lämna Euphrosynes penningpung till den fattiga bondhustrun.

Det var vid mötet med Noemi, som moderns röst hunnit ifatt henne.

På hemvägen hade Marias åsna skadat ett ben och börjat halta. Setonius hade undersökt djuret men inte kunnat åtgärda.

114

Det var då Maria hade fått sin idé.

– Jag väntar i bergen medan du rider hem och hämtar en frisk åsna.

Setonus hade varit ovillig, han kunde gå bredvid den skadade åsnan.

Eftersom Maria kände honom så väl hade hon till slut sagt som det var, att hon alltid om vårarna hade längtat tillbaka till barndomens berg och så gärna ville vila en stund vid en bäck.

Nu satt hon där med händerna öppna för att fånga blombladen som regnade över henne. Hon tänkte att hon inte skulle tillåta gamla minnen att ta form, hon skulle minnas bara med ögonen, öronen, huden och näsan. Fågelsången hjälpte henne, vattnet i dammen virvlade och stänkte daggfin fukt i hennes ansikte, hon såg länge på de kvicka ödlorna på klippväggen. Hon kände en doft, välkänd men glömd sedan länge.

Så mindes hon att det är så terebinterna luktar om våren och tänkte att det var underligt att hon kunnat glömma en så egenartad doft.

Uppåt bergen kunde hon höra de vilda hundarna skälla, också det ljudet var välbekant.

Sen, mycket långsamt, blev hon medveten om att hon inte längre var ensam. Hon vred på huvudet och kastade en blick över axeln. Där stod en man, han log mot henne, hon log tillbaka.

– Jag skrämde dig inte, sa han.

Hon skakade på huvudet.

Han talade arameiska med galileisk dialekt. Det var en judisk man, det var inte bara tofsarna på hans mantel som sa henne det utan också det långa, krusiga håret och det allvar han utstrålade. Han var ung, hans leende var som ett barns. Oskuldsfull, tänkte hon.

– Jag är Jesus från Nasaret, sa han. Jag har varit och hälsat på min mor och genade över bergen tillbaka till Kafarnaum.

– Är du fiskare?

– Det kan man kanske säga, sa han och log igen, ett leende så lätt och snabbt att hon kunde ha misstagit sig om inte ljuset blivit kvar i luften mellan dem.

– Jag är Maria från Magdala, sa hon. Men jag bor i Tiberias hos min styvmor och jag har uträttat ett ärende åt henne i en by här i trakten.

– Du är judinna.

Det var ett konstaterande. Hon nickade, han fortsatte:

– Du har oskuldsfulla ögon.

Då strök hon det blonda håret ur ansiktet, mötte hans blick och sa:

– Det är den blå färgen som bedrar. Jag har varit hora i ett glädjehus i Syndens stad. Nu senast var jag den gamle romerske tribunens konkubin. Han dog och jag blev fri och kunde göra en utflykt i bergen.

Sen bet hon sig i tungan, tankarna virvlade: Varför sa jag det, nu måste han gå.

Men han gick inte, han kom närmare och satte sig på hällen bredvid henne. Och hon sa med skärpa i rösten:

– Förstår du inte att jag är en oren.

Då kastade han huvudet tillbaka och skrattade:

– Dina ögon luras inte. Du är oskuldsfull som ett barn.

Och Maria sa förvånad att det var just vad jag tänkte om dig när jag först fick se dig, att du är som ett barn.

Han skrattade igen, tog fram en skål ur sin ränsel, fyllde den med vatten och drack. Över skålen såg hon rätt in i hans ögon, ljusa, genomskinliga. Grå?

Sen satte han ner skålen och sa överraskande:

– Varför har människorna så mycket skuld?

– Det är väl för att de är så elaka. Och det i sin tur beror nog på att de nästan alltid är rädda.

Han teg som om han väntade på att hon skulle fortsätta. Till slut sa han:

– Men du är inte rädd?

– Det är kanske för att det värsta redan har hänt mig.

116

Nu varade tystnaden länge.

Hans blick släppte inte hennes och hon tänkte att hon aldrig mött en allvarligare människa. Med honom gick det inte an att sno samman orden till enkla sanningar, här vägdes varje skiftning. Hon mötte ståndaktigt hans ögon och sa:

– Jag tror att det människorna är mest rädda för är att stötas ut. Jag har aldrig hört till …

– Inte ens som barn?

– Nej. Har man gult hår och blå ögon i en liten judisk by…

Plötsligt blev hon ledsen, en gammal sorg, glömd för länge sen, smärtade och rösten var grumlig när hon sa:

– Jag var oren redan som femåring.

Han tröstade henne inte. Hon tänkte att hon måste berätta hela historien. Men i samma stund greps hon av en egendomlig visshet: Han vet redan, han känner till alltsammans.

Det var orimligt men hon var alldeles säker.

Hon frös plötsligt, drog manteln över axlarna och sa:

– Vill du berätta om dig själv?

– Jag har inte så mycket att berätta. Men jag har inte heller känt att jag hörde till.

– Men du är ju så judisk!

– Ja, jag hade de bästa förutsättningar. Jag var äldste sonen och född till att överta min fars verkstad. Han var timmerman, en vänlig man som jag inte kände. Ändå ägnade han mycket tid åt mig. Han lärde mig hantverket steg för steg. Och han undervisade mig i skrifterna. Toran fyllde mina öron, jag kan Skriften men de vackra orden har aldrig fått riktigt fäste i hjärtat.

– Och din mor, hur var hon?

– Hon är stark. Men det fanns alltid en oro i hennes ögon när hon såg på mig. Hon tyckte inte om att jag var ensam, att jag inte lekte som andra barn utan gick för mig själv.

Han log ett vemodigt leende innan han fortsatte:

– När far dog kunde jag inte sörja som jag borde. Mor och

117

syskonen klandrade mig men jag gick oskadd igenom alla förebråelser. I stället för att göra min plikt som äldste son bad jag min bror överta verkstaden. Jag sa farväl till min familj och började vandra söderut mot öknarna.

– Det var modigt!

– Jag såg det inte så. Jag lydde Guds röst som alltid talat till mig. Det var först under stjärnorna i de kalla nätterna i Juda öken som jag förstod att det var Gudsrösten som skiljde ut mig och att andra inte kunde höra Honom. Att det var därför de behövde så många lagar.

Nu har jag varit hemma och försökt få mor att förstå.

– Kunde hon det?

– Hon sa att hon alltid vetat att jag var ett underligt barn som måste gå mina egna vägar. Men hon är orolig för mig, för att jag skall bli tokig.

Maria vågade en fråga:

– Hur kan du vara säker på att det är Guds röst du hör?

– För att jag känner den så väl.

Hon tänkte: Så barnslig han är. Han sa:

– Ja. Du kan inte ana hur mycket det krävs för att vara som ett barn.

– Ana kan jag nog, sa hon och la sin hand i hans.

Den enkla beröringen gick som en stöt genom hennes kropp, lusten tändes i hennes ögon. Hon tog hans huvud mellan sina händer, höll det stilla och kysste hans mun. Och det hände som måste hända, hennes lust tände hans.

Han sa:

– Jag har aldrig varit nära en kvinna.

Hon sa:

– Kom.

I början fick hon hjälpa honom, lära hans händer att hitta i hennes kropp. Men snart kunde de mjukt och följsamt söka varandra och finna vad de sökte.

Efteråt rullade han över på rygg och skrattade.

– Detta hade jag inte förstått.

– Att det finns så mycket glädje i kroppen?

Han slöt ögonen, svarade inte.

Maria smekte hans ansikte. Hon såg att han var äldre än hon trott, sliten. Han somnade men Maria måste snart väcka honom.

– Det är ledsamt men vi kan inte sova här tillsammans. Min tjänare kommer snart och hämtar mig.

Sen kom hon ihåg korgen med det färska brödet och den mjuka osten och sa att nog är vi hungriga.

De växlade inte många ord medan de bröt brödet och drack av det friska bäckvattnet. När de hörde Setonius åsnor klappra på getstigen uppför berget sa han:

– Jag finns i Kafarnaum.

Och hon svarade som hon måste:

– Jag kommer.

I nästa stund var han försvunnen.

Först mot morgonen lyckades Maria somna i sin säng i Antiochia. Ändå var hon utsövd och fylld av ljus när hon vaknade.

Men när hon åt sa huvudet ifrån, hon måste vakta sin tunga när hon mötte apostlarna och deras skrivare.

Det blev lättare än hon trott. Simon Petrus började samtalet med en fråga:

– Jag funderar på det du sa att du mötte Jesus när du gjorde en utflykt i Galileen. Lät din styvmor en ung flicka vandra ensam i bergen?

Maria kostade på sig ett stort leende, nu visste hon var hon hade honom.

– Naturligtvis inte. Jag hade en tjänare med, vår gamle trädgårdsmästare. Och vi red på var sin åsna. När vi närmade oss ett av de brantaste bergen hörde vi en bäck och beslöt oss för att rida uppåt ett stycke, ta rast vid vattnet, tvätta av resdammet och äta. Vi hade bröd och ost i en korg.

Det var när jag satt där vid bäcken som han dök upp, en ung man på vandring från sitt föräldrahem i Nasaret till Kafarnaum. Han slog sig ner bredvid mig och vi började tala.

Simon avbröt:

– Han drev ut demonerna ur dig.

– Har Jesus sagt det?

Paulus såg att hon återigen blev röd av vrede. Simon väjde med blicken när han svarade.

– Jag vet inte, det sas allmänt bland lärjungarna.

Maria vände sig mot Paulus:

– Du ser att myterna frodades redan medan han levde. Jag

var inte besatt av demoner, jag var lycklig över våren och de blommande markerna.

Sen fortsatte hon:

– Vi pratade om vanliga saker, som folk gör när de möts. I går kväll försökte jag minnas samtalet. Då slog det mig att det var enda gången jag någonsin hörde honom berätta om sig själv, om sin uppväxt i Nasaret och sin familj.

Nu såg hon hur Paulus gav tecken till den unge skrivaren. Hon fortsatte:

– Han sa att han redan som barn hade känt sig som en främling där i byn. Han hade varit annorlunda, en enstöring. Hans mor hade varit orolig för det. Det var först sen hans far hade dött och han lämnade sin familj och vandrade i Juda öknar som han förstod på vad sätt han skiljde sig från andra. Andra hörde inte Gud tala.

Han sa att han alltid grubblat över varför folk behövde så många lagar och regler. Nu hade han förstått.

– Ni vet att han ofta var kritisk mot de skriftlärda och lag-kloka. Och sista gången jag mötte honom, det var i en vision efter hans död, sa han det igen: "Skriv inga lagar om det jag uppenbarat för er."

Petrus var oroad nu och Paulus hade invändningar:

– Man kan inte bygga en ny lära utan att ha struktur och system.

– Det är möjligt. Maria tvekade men fortsatte sin tanke-gång:

– Men vi gör system av hela verkligheten, även den osyn-liga. Och eftersom vi är judar blir det ett judiskt system, byggt på lagen och dess hundratals tolkningar.

– Du skriver, sa Paulus till skrivaren.

Sen tog Simon över:

– Varför bröt han upp från sin familj?

– Han sa att han lydde Guds röst.

– Vad gjorde han i Juda öken?

– Jag vet inte, han var inte mångordig när han berättade.

– Och du ställde inga frågor?

– Jag frågade hur han kunde vara så säker på att det var Gud som talade i honom. Han log och sa att han alltid vetat det.

– Du berättade inte om dig själv?

– Jag tänkte att jag skulle göra det, tala om min far som korsfästes som upprorsman och min familj som dödades av romerska soldater. Då hände det otroliga, jag mötte hans blick och visste att han redan visste.

Hon fortsatte förundrad själv vid minnet:

– I den stunden godtog jag det bara, tänkte inte på hur underligt det var.

Lite senare avbröt Setonius, min tjänare, samtalet vid bäcken. Vi måste återvända till Tiberias innan mörkret föll. När Jesus tog farväl bad han mig besöka honom i Kafarnaum. Så skildes vi åt.

– Du visste inte vem han var?

– Nej, han sa att han var Jesus från Nasaret. Och jag hade inte hört talas om den nye profeten.

Maria blev sittande i pergolan när kvällsvinden strök in från havet och svalkade hus och trädgård. Hon tänkte på hur underligt det var att hon inte blivit förvånad när hon förstod att Jesus kände hennes tankar och alla hennes minnen.

Där han var blev allt naturligt.

Hon blundade och plötsligt kunde hon se det framför sig, bild för bild, hur de kom hem, hon och Setonius, hur Euphrosyne tog emot dem i köket med stor glädje och varm mat. Vid bordet berättade Maria om besöket hos Noemi som hade ett barn på armen och ett i magen, och var skygg och rädd för att någon grannkvinna skulle få syn på Maria.

Euphrosyne suckade.

Hela huset i Tiberias var i uppbrott, en del av möblerna hade redan sänts till Korinth, andra hade sålts, packlårar stod staplade på varann i den stora salen. Om bara någon månad skulle de själva vara på väg till det nya huset i Grekland.

Under samtalets gång kände Maria att hjärtat fladdrade i bröstet på henne: Hur skall jag förklara för henne vad som hände på hemvägen? Och att jag måste resa till Kafarnaum.

– Jag behöver tala med dig.

– Vi går till mitt sovrum så snart vi ätit.

Bara den stora sängen fanns kvar i rummet, Euphrosyne satte sig på den och Maria slog sig ner på golvet framför henne.

– Det har hänt mig något underligt …

123

Hon ansträngde sig att berätta sannfärdigt och detaljerat. Euphrosyne lyssnade, log och sa:

– Du träffade en man och blev förälskad. Det är inte så underligt som du tycks tro. Och det går över. Att du skulle gifta dig med en judisk fiskare i Kafarnaum är en orimlig tanke. Tänk efter själv, tänk på vad du berättade när vi åt nyss om Noemi och hennes liv i byn.

Maria skakade på huvudet, hon hade inte haft en tanke på att gifta sig.

– Han visste allt om mig, sa hon

Euphrosyne log ännu en gång och sa att det är sånt man kan få för sig i förälskelsens ögonblick. Allt detta med blommorna och bäcken bidrog väl till stämningen.

Hon förstår inte, tänkte Maria. Hon kommer aldrig att förstå, jag måste säga som det är:

– Jag vill i alla fall resa till Kafarnaum och se honom ännu en gång.

Euphrosyne reste sig för att tända ännu en oljelampa. I lampskenet såg Maria att hennes styvmor hade åldrats, att hon såg trött ut. Och ensam.

Jag kan inte göra henne detta, tänkte Maria förtvivlat. Men jag måste.

– Du får väl göra en utflykt till Kafarnaum då, sa Euphrosyne. En kort utflykt.

– Ja.

– Hade han något namn, den unge fiskaren?

– Han hette Jesus och var från Nasaret.

I nästa stund såg Maria hur Euphrosynes ansikte vitnade där hon stod vid oljelampan. Hon tog några osäkra steg mot sängen, slängde sig på den och ropade till Olympens alla gudar: Hjälp oss, hjälp!

Maria hade aldrig någonsin sett Euphrosyne tappa fattningen, inte ens i de mest kritiska stunderna under åren som gått. Hon blev rädd. Euphrosyne viskade:

– Gå och hämta vin, starkt vin.

124

Maria rusade nerför trappan, fann Octavianus i köket.

– Euphrosyne vill ha vin, hon är så upprörd.

Också Octavianus blev ängslig, i hans värld var husfrun aldrig upprörd. Hans händer skälvde när han gav Maria det stora kruset med det bästa vinet huset hade. När hon kom upp hade Euphrosyne blivit lugnare, hon låg stilla med slutna ögon och händerna knutna över bröstet. Maria slog vin i bägaren, Euphrosyne grep den och tömde den i botten.

– Mer, sa hon. Och så några filtar, jag fryser.

Maria stoppade om henne.

Euphrosyne drack ännu några klunkar vin. Sen satte hon sig upp i sängen med kuddar bakom ryggen, hon var blek ännu men rösten var stadig när hon sa:

– Nu, Maria, hör du noga på mig. Detta galna judiska folk har en stor dröm. Messias skall komma, Guds man som skall befria folket. Under århundradens lopp har den ene frälsaren efter den andre påstått sig vara den efterlängtade. Men judarna har alltid blivit besvikna.

Maria nickade, hon visste mer om den messianska drömmen än Euphrosyne som fortsatte:

– Du förstår säkert att denna dröm eller myt eller vad man skall kalla den drar till sig unga galningar, män som går in i rollen och fyller den med fagert tal, stora löften och nya profetior. Jag tror inte att de är bedragare, inte alla. De galnaste tror säkert själva på utvaldheten.

Inom några år blir de i allmänhet avslöjade och avrättade av romarna som upprorsmän. Det är inte ovanligt, du måste tro mig.

Maria nickade.

– Jag har en judisk skomakare, fortsatte Euphrosyne. Som du vet är åtminstone en del folk i den judiska stadsdelen vänligare mot mig, sen jag slutat med min verksamhet. Nåväl, gamle Sebastiol och jag kan faktiskt tala med varandra. Jag var hos honom förra veckan för att beställa nya skor till resan. Gubben var förändrad, det lyste om honom.

Hon gjorde en kort paus.

– När jag frågade varför han var så glad berättade han att Messias var född, i Nasaret av alla ställen. Han hette Jesus och vandrade mellan byarna, talade så att folk förundrades, fick blinda att se och lama att gå.

Förstår du! Din Jesus är en av dessa galna barfotaprofeter som traskar runt bland obildat folk och säger sig vara Guds utsände. Och han kommer som alla de andra att gå en grym död till mötes.

Det var sent på natten när Euphrosyne äntligen somnade. Maria satt kvar vid hennes säng. Hon var egendomligt kall och klartänkt när hon påminde sig vad han sagt, ord för ord. "Min mor är rädd för att jag skall bli tokig." "Jag lyder Guds röst, som alltid talat till mig."

I gryningen skrev hon ett brev till Euphrosyne: "Jag går nu till Kafarnaum för att se på honom med dina ögon. Var inte orolig, jag kommer snart tillbaka ..."

När Euphrosyne läste brevet skakade hon på huvudet. Till Setonius som såg hennes förtvivlan sa hon:

– Det judiska arvet har hunnit upp Maria.

Nu kunde Maria minnas vandringen norröver, varje möte och nästan varje steg. Hon hade klätt sig i de grå och slitna kläderna och dragit ner huvudduken över pannan. Trots den tidiga timman var det mycket folk på benen, enkelt folk som hälsade varandra: Shalom. En gång stannade en gammal man, höjde handen och nedkallade Guds välsignelse över hennes resa. De talade den galileiska arameiskan. Och hon svarade på samma vis, hon hade inte glömt barndomens språk.

När solen stod som högst på himlen tog hon rast vid sjön, åt brödet hon tagit med. Hennes fötter som inte var vana vid långa vandringar plågade henne, sandalerna skavde sår på hälarna och det ömmade i trampdynorna.

Hon satt i strandkanten med fötterna i vattnet och tänkte lugna och klara tankar om det Euphrosyne sagt henne. I gårdagens drömmar hade hon sett sig själv springa rakt i famnen på Jesus, skratta och säga: Här är jag. Nu beslöt hon sig för att hålla sig i utkanten av den skara människor som omgav honom, se och lyssna utan att ge sig tillkänna.

Det skulle inte bli svårt, folk flockades i stora skaror runt honom, hade den gamle juden i Tiberias sagt.

Ändå häpnade hon när hon kom till staden vid sjöns nordspets. Det måste vara många hundra människor kring honom, en bred ring av folk med högtidliga ansikten och blickarna riktade mot mitten.

Det som förvånade henne mest var tystnaden, det var så stilla att man kunde höra Gennesarets vågor slå mot strandstenarna.

Som om alla höll andan.

Själv kunde hon inte se vad som hände. Försiktigt, steg för steg, började hon smyga sig fram genom de täta leden, folk var vänliga, gjorde det lätt för henne att komma vidare.

Till slut fick hon syn på honom. Han stod på knä med armarna hårt slutna kring en man som fallit ihop framför honom. Maria såg, stelnade av skräck, tänkte att det inte kunde vara sant. Men det gick inte att ta miste, de hemska variga såren i det utfrätta ansiktet och bjällrorna runt handlederna. Det var en spetälsk.

Hon var inte så nära att hon kunde höra Jesu ord. Hon kunde bara se att hans läppar rörde sig när han lutade sitt ansikte mot den sjukes. Tiden gick, nej, tänkte Maria, tiden stod stilla men var ändå lång. Till slut reste sig Jesus och drog den sjuke med sig.

Det är inte möjligt, tänkte Maria.

Men hon såg att det variga ansiktet var rent och att mannens rörelser var fulla av kraft när han slet av sig de föraktliga bjällrorna. Jesus sa ytterligare några ord till honom, sedan vände han sig om och talade till kvinnorna bakom honom.

127

De nickade, gick fram mot mannen och Maria förstod att han skulle tvättas och få nya kläder.

Jesus vacklade lite där han stod, han var trött, såg Maria. Han lyfte en arm till avsked åt allt folket och gick uppför vägen till ett av husen.

Nu blev det liv i människorna, några ropade högt till Gud, andra bad i kör, här och var sjöngs lovsånger. Många grät. När de slutligen skingrades i mindre grupper för att försvinna åt olika håll längs bergen och stranden steg rösterna högre, man jublade när man inte skrek av upphetsning.

Maria grät, tårarna drog vita ränder i det smutsiga ansiktet. Efter en stund insåg hon att hon stod ensam, tydligt synlig. Men hon hade svårt att röra sig, hon var styv i kroppen och frös. Till slut gick hon på darrande ben fram till kvinnorna som sysslade med den sjuke.

– Kan jag hjälpa till?

En äldre kvinna log mot henne.

– Jag heter Salome. Du är ny här?

– Ja. Jag är Maria från Magdala och har gått från Tiberias för att möta honom.

– Du ser sannerligen ut som om du behövde hjälp själv.

De var vänliga mot henne, de förde henne till stranden, bad henne sätta sig på en sten, tvätta av resdammet och svalka sina fötter. Efter en stund kom en av dem med bröd och en bägare vin.

Maria gjorde som Euphrosyne i går kväll, tömde bägaren i ett enda drag. Sen tvättade hon ansikte och armar och sänkte fötterna i det kalla vattnet.

Det var skönt men hon kunde inte tänka.

Eller också vågade hon inte.

När skymningen föll kom Salome tillbaka.

– Vi kvinnor har ett tält i sluttningen här uppe. Kom med mig så får du sova där i natt.

Maria lydde som ett barn.

Hon somnade så fort hon kommit tillrätta på sovmattan i tältet. Runt om sig hörde hon låga kvinnoröster, det var som en vaggsång. Någon gång under natten vaknade hon, men kvinnornas lugna andetag fick henne snart att somna om. När hon till slut slog upp sina ögon hade gryningen ännu inte kommit, men tältduken var ljusare och hon förstod att det snart var morgon.

Hon kunde fortfarande inte tänka trots att hon ansträngde sig. Hon fäste minnet vid Euphrosyne, hennes sorg och allt det hon sagt, men det tjänade ingenting till. Hon försökte minnas vandringen under gårdagen men den var borta ur minnet. När hon prövade att koncentrera sig på undret som hon bevittnat i går vek hela händelsen undan.

Om han är galen håller jag också på att bli det.

Plötsligt var ljuset gult, tältduken som en gyllene kupol över deras huvuden, och kvinnorna vaknade, den ena efter den andra. Maria hade lagt av huvudduken och de såg förundrade på hennes hår.

– Det är som solljuset, sa en av dem förtjust. Är du judinna?

– Ja, sa Maria med säker röst. Jag föddes i Magdala här snett över viken. Men min far korsfästes under upproret och min mor och mina bröder dödades av romarna. Jag lyckades fly.

Hennes nya kamrater vojade runt henne, stackars liten.

De frågade inte mer och hon var tacksam för det. De hade bråttom att klä sig, de skulle till morgonbönen. Maria blev försenad, hon hade svårigheter att reda ut håret. Men till slut satt hon bland de andra på gården till ett stort hus, tyst, i stilla bön som de andra.

De var många, ett tjugotal män och lika många kvinnor.

Men Maria hann inte räkna. Jesus kom, ställde sig mitt i skaran och började bedja. Det var en enkel bön, i klara ord bad han Gud välsigna dagen och det arbete de måste uträtta.

När han öppnade sina ögon och såg sig runt i skaran fick

129

han syn på henne. Han log som soluppgången och ropade högt:

– Maria Magdalena, du kom!

Hans glädje var så påtaglig att alla i skaran måste delta. Han gick rakt fram mot henne, tog hennes både händer och drog henne till sig.

– Det här är Maria, en kvinna som jag mötte och kom att älska.

Det gick ett förvånat sorl genom skaran av lärjungar när han tog henne i famnen och kysste henne.

Och Maria visste att det inte längre fanns några beslut att fatta.

Nästa dag när de åter samlats i pergolan i Antiochia tog Paulus beslutsamt ordet:

– Jag har tänkt mycket på detta du sa om hans kärlek som omfattade alla i varje stund och vid varje möte. Men det finns svårbegripliga motsägelser i det han lärde: Han sa när han fick budet att hans anhöriga kommit på besök: Vem är min mor, vem är mina bröder? Han sa till mannen som ville gå och begrava sin far: Låt de döda begrava sina döda.

Och han lär ha sagt: Jag har inte kommit med fred utan med svärd. Ty jag har kommit för att ställa en man mot hans far, en dotter mot hennes mor, en sonhustru mot hennes svärmor och mannens husfolk skall bli hans fiender.

Har också du hört honom säga detta?

– Ja.

Marias röst var klar och utan tvekan.

– Hur förklarar du det?

– Jag kan bara berätta om hur jag förstår det.

Paulus nickade, Maria fortsatte:

– Jag har tidigare talat om hans vandringar i öknen. Han sa ju att det var först där han förstod att andra inte kunde höra Guds röst så som den ständigt talade till honom.

– Det måste ju ha varit skrämmande?

Paulus lät eftertänksam. Maria nickade och fortsatte:

– Ja. Men den gav honom också viktig kunskap. Han sa att han äntligen förstod varför människorna hade gjort sig så många regler och lagar. Kanske fick han ännu en insikt. Och kom fram till att de starka familjebanden innebar en fara.

Hon tvekade innan hon fortsatte:

131

– Det finns ju hos oss en nästan total sammansmältning med våra föräldrar. Och ett oerhört strängt krav på lydnad. Att i alla livets skiften hedra sin far och mor kan leda till att vi förblir ... omogna.

Hon fortsatte tvekande:

– Men främst tror jag att han vände sig mot att vi förminskar kärleken till personliga band. Han sa ju också att det är lätt för alla att älska sina närmaste men svårt att älska sin nästa när man möter honom som en skabbig tiggare eller en brottsling.

Paulus såg tvivlande ut men plötsligt tog Simon Petrus ordet:

– Det var ju det han krävde av min bror och mig. Han sa: "Följ mig", och vi gjorde det. Vi övergav far och hans fiskebåtar ... Ingen skall tro att det var lätt, mor grät och far rasade. Han behövde oss i sitt arbete, men vi svek och det var en skamlig gärning. Nästan alla i Kafarnaum föraktade oss.

Maria gav Petrus en varm blick och sa:

– Det var likadant för mig. Jag måste skriva ett brev till min styvmor och berätta att jag inte skulle komma tillbaka. Hon hade varit god mot mig, ett hittebarn som hon tog hand om som om det varit hennes eget. Och jag visste att hon behövde mig, hon skulle just flytta tillbaka till Grekland och jag skulle bli hennes stöd i ensamheten och ålderdomen.

Marias ögon fylldes av tårar. Men hon tog sig samman och sa:

– Det är svårt att förklara vilken makt Jesus hade.

– Vad du tror att han menade är att människan måste trotsa sin familj för att bli fri.

– Ja. Bli vuxen och självständig. Och det skulle inte kunna ske utan strid eller som han uttryckte det: "En son skall ställas mot sin far, en dotter mot sin mor ..."

Paulus skakade på huvudet. Hon fortsatte:

– Det är riktigt som ni säger att han var både Gud och människa. Men jag kände honom bara som människa, som

Gud var han obegriplig så som Gud är. Då när vi vandrade tillsammans försökte jag inte ens förstå. Men efteråt, under alla dessa år har jag grubblat.

Samtalet tystnade, Paulus satt djupt försjunken i tankar när de plötsligt hörde gårdsporten slå och en röst som ropade: "Maria, Maria."

De tre männen såg Maria lyfta som en fågel och nästan flyga nerför trapporna: "Leonidas, Leonidas." Den långe greken tog henne i famnen och snurrade runt med henne, båda skrattade högt mot skyn.

– Jag trodde du skulle dröja ännu några dagar.
– Vi fick en kraftig medvind norr om Cypern.

Petrus tog illa vid sig, de två var oanständiga. Han borde ha vetat att han befann sig i ett hedniskt hus. Också Paulus ansikte skrynklades värre än vanligt. Om han gjort sig någon föreställning om Marias man hade han skymtat en fetlagd penningräknare. Men här stod en grekisk världsman, överlägsen så som bildade hedningar ofta är.

Bara rabbi Amasja var glad och inte förvånad.

Leonidas satte ner sin hustru och såg förvånad mot pergolan.

– Vi har gäster?
– Ja, kom och möt dem.

Leonidas hälsade på rabbi Amasja med ett varmt famntag och vände sig frågande mot de andra. Rabbin presenterade, först Simon Petrus och sedan Paulus.

Till Simon sa greken:
– Vi har setts förut.

Och Simon svarade:
– Ja, du var en av dessa … främlingar som kom och for, jag minns.

Till Paulus sa greken:
– Jag har läst ett av dina brev och blev imponerad av din insikt och din klarhet.

Sen vände han sig mot Maria:

– Här har vi förnäma gäster och du har inte ens bjudit på lite vin och frukt.

– Jag ilar, sa Maria och gjorde det. I dörren vände hon sig till rabbinen och sa:

– Du får förklara, rabbi.

Medan Amasja talade hade Paulus god tid att studera greken, en lång, gänglig man, lite grånad men inte böjd. Hans ansikte fängslade, han hade ovanligt stora ögonlock som lätt kunde dölja hans nyfikna blickar.

Men munnen skulle ständigt förråda honom, den var fint tecknad och mycket känslig.

– Jag förstod av Petrus att du också känt Jesus? Jag är mycket intresserad av hur du såg på honom.

– Han förändrade mitt liv, sa Leonidas enkelt.

I nästa stund var Terentius där med vin, frukt och kakor. Maria serverade, Leonidas blandade sitt vin med vatten och drack.

– Man blir törstig av resdammet, sa han ursäktande.

De tre judarna tog en kaka, drack av vinet och bröt upp. Det närmade sig sabbaten, de hade mycket att bestyra.

– Jag hoppas att vi får komma tillbaka, sa Paulus vid avskedet.

– Ni är välkomna i övermorgon.

Maria gjorde i ordning ett bad till sin man som gått ut i köket för att hälsa på tjänarna. Där fann han en pojke med ett stort glas mjölk och ett bröd.

– Och vem är du?

– Jag är Markus, Paulus skrivare.

Pojken var blodröd av skam när han förklarade:

– Det var inte så mycket att skriva i dag. Och jag var hungrig.

Leonidas skrattade och sa att hunger hör din ålder till. Väl bekomme.

Sen hälsade han på Terentius och hans hustru. I samma stund steg Maria ut i köket och såg förvånad på Markus:

– De har gått, de måste ha glömt dig! Varför gjorde du inga anteckningar i dag.

– Jag skriver bara på ett tecken av Paulus. Och redan när du började tala i dag skickade han bort mig.

– Jaha du, sa Maria och såg betänksam ut.

Leonidas gick till sitt bad, Maria överlade med Terentius om välkomstmåltiden. De hade färsk fisk och ett överflöd av grönsaker. Vid middagsbordet sa Maria:

– Du först.

Leonidas mungipor drogs neråt och hans svar blev kort:

– I Rom en mängd affärer och stora problem med Nikomakos. Allt det kan du höra senare.

Hans leende kom tillbaka när han fortsatte:

– I Ostia hittade jag ett skepp som var klart för avfärd. Till Korinth, kan du tänka dig. Jag fick en hytt ombord och en vecka senare hälsade jag på hos Euphrosyne.

Marias ögon lyste av glädje när han berättade om hur glad Euphrosyne blivit, hur väl hon redde sig i det vackra huset och den nya trädgården. Frisk var hon, stark och målmedveten som alltid. Hon sände många varma hälsningar till Maria och ett långt brev.

– Hon håller på att bli kristen, sa han. Visste du det?

– Jo, jag har förstått det av hennes brev. Jag hade hoppats att vi skulle resa dit tillsammans innan höststormarna sätter in, sa Maria.

– Det kan vi. Men du verkar rätt upptagen.

– Vi tar vinet med oss och sätter oss i biblioteket. Du skall få höra allt som hänt från första början.

Och det fick han. Skymningen hann falla, mörkret omslöt dem, de tände ingen lampa. När Maria slutligen tystnade hade han tydliga bilder av det som hänt. Hon hade som hon brukade gjort anteckningar om allt som sagts och nu läste hon upp dem.

– Som du märker har jag inte ljugit, sa hon. Bara undan-hållit en del.

– Bra.

Nu tände han oljelamporna, de såg på varandra och log. Han sa:

– Du skall veta att det finns stora motsättningar mellan de kristna. Jerusalems judekristna församling är stor och mäk-tig.

Maria tog illa vid sig men han fortsatte:

– Många av dem menar att Jesus var Messias, Guds utsän-de till det judiska folket. Men Paulus har en annan uppfatt-ning, han vill att Jesu lära skall ut till alla folk. Och de krist-na vinner nya anhängare överallt, här i Syrien, i Kappa-docien, i Cilicien, ja, till och med i Rom. Och i Grekland. Det är av Euphrosynes diakon i Korinth som jag fått höra om stridigheterna.

– Menar du att Jerusalems kristna anser att alla som om-vänder sig till Kristus först måste bli judar?

– Ja. De kräver att Jesu efterföljare skall följa lagen, alla oräkneliga bud om rent och orent. Och så skall de låta om-skära sig och det är ju som du förstår den stora stötestenen.

Maria lyssnade med runda ögon men sa:

– Jag borde ju inte bli förvånad. Jerusalems präster har alltid varit noga med lagen. Var står hans egna apostlar?

– Också hos dem finns en tvekan. Men de säger att Jesus uppmanat dem att gå ut i världen och göra alla folk till hans lärjungar.

– Vet du vad Petrus anser?

– Det finns en berättelse om Simon Petrus och en romare. Han heter Cornelius och är officer vid italiska kohorten i Caesarea. En dag kom en ängel till Cornelius och uppmana-de honom att låta hämta en man vid namn Simon Petrus som bodde hos en garvare i Joppe.

Dagen därpå fick också Simon Petrus en dröm, himlen öppnade sig och visade honom en mängd orena djur. Och en röst sa: "Petrus, slakta och ät." Simon Petrus vägrade: "Aldrig har jag ätit något orent." Då sa rösten att vad Gud gjort rent skulle han, Petrus, inte göra orent. Som du förstår grubblade han på vad synen ville säga. Men han kom inte till någon klarhet. En stund senare kom Cornelius tjänare fram till garvarens hus vid havet och framförde romarens bud. Och Petrus bröt upp, gick med till Joppe och besökte hedningen. När han fick höra om Cornelius möte med ängeln sa Petrus:

"Nu förstår jag att Gud inte gör skillnad på människor utan tar emot var och en …" Det fanns mycket folk i romarens hus och Petrus talade till alla, den heliga anden föll över honom och de omvände sig. Petrus lät döpa dem och stannade i flera dagar i Cornelius orena hus.

– Det var stort, sa Maria. Ändå ser Petrus än i dag med judiska ögon.

Leonidas fortsatte:

– Så har vi då Paulus. Han är i underläge därför att han aldrig har känt den levande Mästaren. Men han är den intelligentaste av dem och har den bästa formuleringsförmågan.

Leonidas var tyst ett ögonblick och blinkade mot henne:

– Du måste förstå att mötet med dig var en stor händelse för honom. Det talas om dig i de nya kristna församlingarna och han har som alla andra hört att du var den lärjunge Jesus älskade mest. Och säkert har han fått veta att du gick i öppen strid med Petrus och lämnade apostlarna i Jerusalem. Så dök du överraskande upp i Antiochia. Här fanns plötsligen ett huvudvittne som inte var indraget i motsättningarna.

Maria drog på mun:

– En kvinna. Och dessutom gift med en hedning.

Leonidas skrattade också men sa:

– Åja, men ditt rykte är stort. Du duger nog för hans avsikter.

– Jag tycker om honom. Och ibland har jag svårt för Petrus. Han är så dominerande och vet så säkert. Ändå, Leonidas, har han ett ljus och en kraft … som jag känner igen.

– Jag också.

Leonidas gäspade, de måste gå till sängs.

– Får jag sova hos dig?

Han blev glad, det var inte att ta miste på. Hon kröp in i hans famn, han drog täcket över dem. Han somnade genast, hon låg vaken och tänkte på att hon inte berättat det kanske viktigaste för honom. Att hon fått tillbaka sina minnen, att hon i klara bilder kunde se det som hände under vandringarna med Jesus.

Hon vaknade som så ofta i denna tid långt före gryningen och vandrade med Jesus mot Jordan. Det var het sommar i ett magert landskap, dammet rök och vägen var stenig och hård mot fötterna. Ändå var det lätt att gå.

Efter dem följde lärjungarna, alla utom Simon och Andreas. Hon blev förvånad när hon vände sig om och såg att de saknades. Varför? Det kunde hon inte minnas.

De fick använda middagstimmarna till vila i den skugga de kunde finna. Men överallt där de tog rast samlades människorna, de dök upp som ur intet, stod där bara, de halta och lytta, de gamla, böjda av krämpor och de sjuka barnen med sina sorgsna mödrar. Och Jesus gjorde som alltid, gick från den ena till den andra, la handen på deras huvuden och gav dem hälsa och nytt mod.

De nådde floden och måste vänta en dryg stund innan färjkarlen kom med sin båt. Maria som var klibbig av damm och svett sa:

– Vi simmar.

Jesu följeslagare skakade på huvudet men Maria som lärt sig simma i Tiberias såg förväntansfullt på Jesus, sa:

– Kom.

Han skrattade och följde henne ner i floden. De sam, trots strömmen var det lätt som en dans. Våta och svala nådde de stranden där marken var mjuk av gröna örter och där det växte höga cypresser. De satt i solen ett slag och lät kläderna torka innan de sökte skuggan under träden.

Det var sällan de fick vara ensamma.

Och snart kom färjan, överlastad. Ombord vimlade det av människor som ville se och höra Jesus. Maria tänkte som många gånger förr: Hur sprids ryktet, hur får de veta, hur kan de alltid hinna i kapp oss?

– Med Guds hjälp, sa Jesus och Maria nickade. Men hon såg att han var trött.

I synagogan i Betsaida talade han och hon hörde honom säga att människan inte skulle göra sig bekymmer för morgondagen: "Se på liljorna på marken ..." Och Maria tänkte att detta var kärnan i hans budskap, att ha tillit. Och hon mindes deras första möte och det hon upplevt när hon satt ensam vid bäcken. Ett tillstånd så självklart och ändå så svårt att erövra.

De sov i ett vänligt hus på goda bolster. På morgonen bad Maria att de skulle ta sig tillbaka i båt över sjön och Jesus nickade, han erkände sin trötthet. Det var stilla, en dag utan vind. Lärjungarna satt tysta i båten som långsamt drevs framåt av årtagen. Mot Kafarnaum, där nya människoskarar väntade. På stranden stod Simon, Maria var snabbt ur båten och sa:

– Simon, kan du skingra folket. Jesus måste få vila.

Han nickade och sa:

– Gå in på baksidan.

Den natten sov Jesus i tio timmar.

Varför mindes hon just denna vandring. Den var inte särskilt lång eller ansträngande, ett intet mot de långa vandringar som skulle följa till Lydda vid kusten eller över Jeriko till Jerusalem. Var det för att hon för första gången blivit orolig för Jesus. Han hade klagat och det var olikt honom: "Rävarna har lyor och himlens fåglar har bon, men Människosonen har inget ställe där han kan vila sitt huvud."

Men det fanns ännu ett skäl till att resan till Betsaida stod så klar i hennes minne. När Jesus vaknade efter den långa sömnen såg han leende på henne och sa:

– I dag väntar dig en stor glädje. En man som du älskar är på väg hit.

Maria tänkte länge, skakade på huvudet och sa slutligen:

– Jag har bara älskat en man innan jag mötte dig. Och han är död sen många år.

Jesus svarade inte men det varma leendet blev kvar i hans ansikte.

När de åt sin frukost kom Simon och berättade att Kafarnaum hade fått besök av en hel skara skriftlärda, utsända från Herodes Agrippa för att spionera, trodde Simon.

Jesus skrattade.

På gården fanns några karlar med en lam man på en bår. Jesus hejdade sig genast, gick fram till den lame och sa att han inte skulle vara orolig.

– Dina synder är förlåtna, sa han.

De skriftlärda som stod där och väntade på att få hälsa på den galileiske profeten skrynklade sina ansikten i förfäran och tänkte: "Han hädar."

Men Jesus frågade dem varför de bar onda tankar i sina hjärtan.

Det blev en lång tystnad bland allt folket som samlats. Men sen hördes Jesu röst:

– För att ni skall veta att Människosonen har makt här på jorden att förlåta synder … Så vände han sig till den lame och sa:

– Stig upp, tag din bår och gå hem.

Mannen steg upp och gick och människorna prisade Gud. Bara de skriftlärda stod tysta, förstummade som om de inte vågade tro sina ögon.

Efteråt gick Jesus längs sjön och människorna trängdes kring honom. Nu var det inte bara galiléer i Kafarnaum, det var folk från Judeen, Idumeen och från andra sidan Jordan, ja, ända från Tyros och Sidon kom människor till honom. I den

142

väldiga skaran fanns också hedningar, syrier, greker.

Jesus blev så svårt trängd att han gick i en båt och utifrån sjön talade han till dem alla. Hans röst var aldrig gäll, han ropade inte. Nej, hans stämma var ljus men hördes ändå över stora områden.

Vid middagstid skingrades äntligen skarorna. Jesus skulle gå med sina lärjungar upp i bergen. Till Maria sa han:

– Du får bli kvar här.

När han såg hennes besvikelse skrattade han och frågade:

– Har du redan glömt vad jag sa dig i morse. Stanna och vänta.

Medan Jesus och hans lärjungar tog en omväg runt huset gick Maria mot sitt rum för att vila. I dörren fick hon höra en röst som hon kände igen, avlägset, som från en dröm någon gång långt tillbaka i barndomen.

– Maria.

Framför henne stod en lång grekisk man, men hennes ögon vägrade att se. Salome, som stod bredvid och såg hur blek Maria var, slog armen om henne. Men Leonidas sa:

– Du har en dålig vana att svimma när du får syn på mig.

Det var rösten och skrattet som förde henne tillbaka till verkligheten, men hon höll ett fast tag om Salome när hon viskade:

– Du har varit död i åtta år.

– Jag dödades inte, jag blev tillfångatagen. Kan vi sätta oss ner och talas vid?

Maria såg på Salome och insåg att hon måste förklara:

– Detta är min styvfar, Salome. Han dog i ett krig långt borta i Parterriket och jag sörjde honom i åratal.

– Jag förstår, sa Salome. Jag föreslår att ni går till klippan vid stranden där ni två kan vara ensamma med varandra.

När hon försvann hörde de henne ropa till de andra kvinnorna att Maria Magdalenas styvfar kommit tillbaka till henne.

143

Marias knän skälvde, det blev inga lätta steg ner mot Genne-
saret men de tog sig fram.

– Jag är också skakad, sa Leonidas. Jag såg när den lame
mannen gick och jag hörde Jesu ord till de skriftlärda. Och
allt han sa från båten.

– Jag är så van att jag inte förvånas längre, sa Maria. Märk-
ligast är ändå hans ord. Aldrig har någon talat så.

Hon tystnade, sen sa hon:

– Nej, det märkligaste är han själv, att möta honom.

Leonidas berättade kort om fångenskapen hos beduiner-
na och om lösesumman som hans syster hade betalat för att
få honom fri. Förklaringen var rimlig, Maria förstod men sa:

– Det är ändå ett under, Leonidas.

– Ja.

De avbröts av Salome som kom med vin, vatten, bröd och
ost. Leonidas tackade, de åt under tystnad. Snart hörde de
Jesus och hans lärjungar på väg tillbaka, Leonidas reste sig,
drog fingrarna genom håret och borstade brödsmulorna från
manteln.

– Vi måste gå och hälsa.

– Nej, sa Maria. Han kommer hit. Jag tror att han vill träf-
fa dig ensam.

Det var rätt, efter en kort stund stod han där framför dem,
skrattade åt Maria och sa:

– Du klentrogna.

Uppifrån strandsluttningen kunde hans häpna lärjungar
se hur Jesus tog den långe hedningen i famn och kysste ho-
nom på båda kinderna.

– Din trofasthet får sin belöning i himmelriket, sa han.

– Det finns inget märkligt i den, sa Leonidas. Jag har äls-
kat det här barnet sen jag först mötte henne.

Sen tystnade han, förvirrad av insikten att den andre re-
dan visste allt om honom, iakttog varje tanke och kände allt
han gått igenom.

144

Leonidas fylldes av frid och stor lycka. Han hade aldrig förstått vilken befrielse det var att bli totalt genomskådad.

Samma eftermiddag vandrade Jesus och hans lärjungar genom staden.

De kom att stanna utanför tullhuset.

– Som av en slump, sa Simon när han berättade det för Maria. Men hon visste redan då att ingenting som hände skedde av en slump.

Utanför huset satt tullindrivaren Levi, som också kallades Matteus.

Och Jesus sa till publikanen:

– Följ mig.

En stund senare bjöd Levi Mästaren och hans lärjungar till bords i sitt hus och många tullindrivare och andra syndare låg till bords tillsammans med Jesus. Naturligtvis väckte det stor uppståndelse.

Maria kom från första stund att fästa sig vid Levi. Det var en liten man med en stor mildhet i sitt väsen, hans ansikte var knotigt men hans blick fylld av värme och klokhet. Hon kände genast att tillgivenheten var ömsesidig. Hon och han, två syndare.

Leonidas hade dragit sig tillbaka i mängden av följeslagare. Men han höll sig i främsta ledet när Jesus mot kvällen talade i sluttningen ovanför Kafarnaum. Han bad:

– Jag prisar dig, fader, himlens och jordens herre, för att du har dolt detta för de lärda och kloka och uppenbarat det för dem som är som barn.

Det var utmanande, Leonidas sneglade på de skriftlärde som samlats i en stor klunga strax intill Jesus. Men deras ansikten var slutna, om de avslöjade någon känsla var det förvåning.

Där fanns enkla ord, lätta att begripa:

– Kom till mig, ni alla som är tyngda av bördor; jag skall skänka er vila … Mitt ok är är skonsamt och min börda är lätt.

Men också meningar som gick över Leonidas förstånd:

– Ingen slår nytt vin i gamla vinsäckar, för då sprängs säckarna och vinet rinner ut … Nej, nytt vin häller man i nya säckar.

Leonidas hade svårigheter med sömnen den natten. Inte för att han sov i tält tillsammans med andra män, vid sånt var han van. Nej. Det var dagens alla händelser som höll honom vaken.

Nästa dag kom med ännu en överväldigande händelse. Han fick med egna ögon se hur Jesus väckte en död liten flicka till liv.

Bara i korta stunder fick han tillfälle att tala med Maria. Han var full av frågor, hon strök tröstande över hans ansikte och sa:

– Fråga inte. Det finns inga svar som vi kan finna ord för.

– Bara en sak, Maria. Vad menade Jesus när han sa att lönen för min trofasthet är stor i himlen?

– Han brukar säga att himmelriket finns inom oss.

När Leonidas efter tio dagar var tvungen att bryta upp för att återvända till Antiochia var han en ny människa, utan bitterhet och underligt tömd på invändningar.

– Jag kommer tillbaka.

Maria log, Jesus sa:

– Naturligtvis kommer du tillbaka.

Han red till Caesarea och fann ett skepp på väg till Seleukia. Även denna natt hade han svårt med sömnen, han stod på däck, såg ut över havet och upp mot stjärnorna. Där, plötsligt, förstod han vad Jesus menat med talet om det nya vinet som måste slås i nya säckar.

Långt tidigare än som sagts, redan vid fjärde timman på söndagen, bankade Paulus på Marias port. Han bad om ursäkt för att han störde så tidigt och sa att han kom för att ge återbud till eftermiddagens möte. En av hans närmaste medarbetare hade just anlänt från Cypern. Han hette Barnabas och var klartänkt och handlingskraftig.

– Han skall hjälpa oss att organisera den kristna församlingen i Antiochia. Just nu läser han de anteckningar Markus gjort vid våra samtal med dig.

– Det är många här som låter döpa sig?

– Ja, Antiochia har redan nu den största församlingen utanför Jerusalem, svarade Paulus och visade ett av sina sällsynta leenden.

Sen sa han att han ville ta upp en fråga som plågat honom sedan förra mötet.

– Det är lite personligt, sa han.

Hon var förvånad men visade det inte, bad honom slå sig ner i pergolan och gick för att hämta svalkande drycker.

Det var en het dag.

– Jag hade ett svårt och motsägelsefullt förhållande till min far, sa han. Nu säger du att Jesus uppmuntrade oss att gå emot våra föräldrar.

– Inte att gå emot men att göra oss fria.

– Är det inte samma sak?

Maria lyssnade till bitterheten i hans röst och sa till slut:

– Jag vet inte om frigörelse måste innebära en brytning och den förtvivlan som följer med det. Men jag är nog inte rätt person att förstå hur svårt det kan bli.

147

Hennes blick sökte sig ut i tomma luften som om hon försökte fånga undflyende minnen. Sen sa hon:

– Jag längtade efter min mor. Men hon var död. Så jag kom att rikta min längtan mot en dröm där hon var stark och fullkomlig. Inget ont skulle ha kunnat hända mig om hon hade fått leva.

Hon log lite innan hon fortsatte:

– Det dröjde länge innan jag förstod att nästan alla hade samma dröm. Också människor med livs levande föräldrar hade barnsliga fantasier om fadern eller modern som allsmäktig. Som Gud själv. Ibland när Jesus talade om att vi måste bli fria för att kunna växa, tänkte jag att det kanske varit nyttigt för mig att vara föräldralös.

Paulus såg rädd ut, sa:

– Men de som bryter sig loss får betala ett högt pris.

– Skuldkänslor?

– Ja.

– Jag tror att Jesus menade att vi i stället för att förlamas av skulden kan försona oss med den. Förlåta oss själva och därmed våra medmänniskor.

Hon blev plötsligt ivrig.

– Du känner saligprisningarna i bergspredikan. "Saliga är de som är fattiga i anden för de hör himmelriket till." Det förstod jag som att den som ser sin skuld kan öppna sig för himmelriket.

Hon såg rakt in i Paulus ögon som var fulla av tvivel.

– Jag behöver tid att tänka på det du sagt, sa han och tog farväl. I morgon skulle de komma för nya samtal och då ville han att Barnabas fick vara med.

Maria följde honom till porten. Innan de skiljdes sa han:

– Detta som du lär är svårt att förstå. En sådan lära kan vi inte föra ut till folket.

Maria log och sa:

– Det begriper till och med jag.

Hon stod en stund och såg den krumma gestalten försvinna neråt gatan. Och hon tänkte som hon gjort första gången hon mött honom, att han led av någon plågsam sjukdom.

Hon tog omvägen genom trädgården innan hon återvände till sitt hus. Högst upp på terrasserna såg hon Terentius gå runt med den stora vattenkannan.

Det var bra, hon försökte vinka ett tack mot honom men han låtsades inte se. Och hon suckade och tänkte som så ofta att hon aldrig skulle lära sig hur man uppträder mot tjänare.

Till sist gick hon till skrivrummet för att göra några anteckningar om samtalet med Paulus. Men där i det skuggiga rummet blev hon sittande med bilderna av det första mötet med Jesu mor.

Det var gryning i Kafarnaum. Lätta dimmor frigjorde sig ur sjön och svepte in husen och hamnen i ett milt grått ljus. Trots den tidiga timman började människorna samlas i skaror.

Jesus sov ännu, Maria smög på tysta fötter ner i köket för att ställa i ordning hans frukost. Hon hörde det förväntansfulla sorlet från gården. Snart skulle de börja ropa efter honom. Men hon hade med tiden lärt sig att beslutsamt säga ifrån, även till Mästaren.

När hon kom upp med maten stod han redan och tvättade sig.

Han sa:

– Det blir en lång dag.

– Ja. Och du går inte ut innan du ätit, både äggen, brödet och osten.

Han log åt henne:

– Får jag ingenting att dricka.

– Jo du. Salome har lagat aprikossaft.

Men han åt inte upp, hans aptit var dålig vid denna tid. Hon trugade och han drack lydigt upp saften.

Hon hörde honom tala till folket när hon stod vid brunnen och tvättade hans kläder. Så fann hon en reva i manteln och tänkte just gå till Susanna, som var den av kvinnorna som var flinkast med nålen, när hon hörde röster som ropade: "Din mor och dina bröder är här och söker dig."

Och hon hörde honom svara:

– Vem är min mor, och vilka är mina bröder? ... Den som

150

gör Guds vilja är min bror och syster och mor.

Maria Magdalenas blod isades, detta var förfärliga ord.

Men hon fortsatte mot kvinnogruppen med den rivna manteln över armen, sökte med ögonen efter Susanna. Kvinnorna som också hört de hemska orden satt som förstenade. Maria, Klopas hustru, gick för att söka efter Maria från Nasaret, de var släkt och var och en kunde ju förstå hur Jesu mor kände det. Magdalena visade Susanna på revan i manteln, hon tog emot den, lättad över att få något att syssla med.

Det tog en stund innan Klopas hustru hittade Maria från Nasaret i utkanten av den stora människomassan. Hon var svår att övertala, hon hade redan bestämt sig för att vandra hemåt igen.

– Men du måste ju vara trött och hungrig om du gått över bergen i natt. Kom med mig nu så att du får vila. Och äta.

Hon lät sig övertalas, gick med kvinnorna till strandkanten, tvättade sina fötter och sitt ansikte och borstade det krusiga gråbruna håret. Det var mest av vana, hon var inte en kvinna som ägnade intresse åt sitt utseende. Ändå var hon vacker, inte så som man gärna säger om äldre kvinnor, att man kan se spåren av svunnen skönhet. Nej, hon var vackrare nu än någonsin, tänkte Maria Magdalena.

Maria från Nasaret lät blicken vandra från kvinna till kvinna som om hon sökte någon. Hennes ögon stannade vid Maria Magdalena som tänkte att modern och sonen var lika varann, samma grå genomskinliga ögon och samma resning i kroppen.

– Är det du som är horan som min son lever i synd med.

– Ja. Men jag är ingen hora.

Trots sin trötthet kunde Maria från Nasaret känna oviljan i kvinnogruppen som nu slöt sig kring Magdalena. Hon hejdade sig och sa:

– Jag skulle gärna vilja tala i enrum med dig.

151

– Vi har ett rum i husets andra våning. Du är välkommen dit när du har ätit.

Maria Magdalena hade hjärtklappning men gick med lugna steg mot brunnen för att hänga de tvättade kläderna på tork. Sen gick hon lika lugnt upp på rummet, plockade undan disken och rullade ihop sovmattan på golvet. Av en plötslig ingivelse tog hon av sig huvudduken och kammade det utmanande blonda håret. När hon hörde den andras steg i trappan tänkte hon på Jesu ord: Älska dina fiender, vänd andra kinden till.

Nu, tänkte hon, får jag pröva om det han lärt har haft någon verkan på mig.

Hon var arg, fylld av röd vrede.

Hon la sittkuddarna på golvet och bad den andra kvinnan slå sig ner. De satte sig mitt emot varandra och Magdalenas ögon vek inte undan från den andras ansikte.

– Jag vet en del om dig. Du var konkubin till den romerske tribunen i Tiberias innan du träffade min son och förförde honom. Vill du förneka det?

Maria Magdalena blev plötsligt lugn, nästan kall. Hon tänkte noga igenom sina ord innan hon talade.

– Tribunen var över åttio år och förlamad i halva kroppen. Han hade hört talas om att jag talade klassiskt latin. Så jag satt dagligen vid hans säng och läste de långa dikterna ur Aeneiden. Jag tvättade hans panna och bytte hans kuddar. Och höll hans hand när smärtorna blev svåra. Sen flög det illvilliga rykten över stan, till min styvmors förtvivlan.

Maria från Nasaret hade ett hånfullt svar till hands men svalde det. Något i flickans blick sa klart ifrån att hon talade sanning. Ändå måste hon säga:

– Men du hjälpte en hedning och en fiende.

– Jag gav tröst åt en gammal människa som hade det svårt.

– Du gjorde det av barmhärtighet, menar du?

152

Rösten dröp av hån men Magdalena fortsatte, lika lugnt.

– Så enkelt var det inte. Du vet själv att nästan ingen här i landet vågar säga nej till en romersk officer. Jag var rädd i början men efter någon tid kände jag bara ... medlidande.

Det blev tyst mellan dem, efter en stund återtog Maria Magdalena:

– När du påstår att jag förförde din son förstår jag att du känner honom dåligt. Jesus låter sig inte förföras, övertalas eller luras, inte av någon.

Maria från Nasaret dolde ansiktet i mantelvecken och Magdalena förstod att hon svalde gråt. Till slut sa hon:

– Du har rätt, jag har aldrig känt honom, inte ens när han var barn. Det var en skrämmande känsla, alltid, detta att jag inte kunde förstå mitt eget barn.

Maria Magdalena satt tyst, lät tiden gå. Så överraskande sa den andra:

– Förstår du honom?

– Nej, ingen kan göra det. Han är för stor för oss. Och jag godtar det.

– Det är svårt att tänka så om man är mor.

– Jag förstår det.

– Barn är ju en del av sin mor, hennes kropp, hennes drömmar och ... hennes förstånd. Men jag födde en främling.

Magdalena böjde sig fram, tog moderns händer i sina och sa med en röst som blev oväntat högtidlig.

– Du föddes till ett stort öde, Maria från Nasaret. Du måste ha varit utvald.

Marias ansikte skiftade, hennes blick sökte sig långt tillbaka i tiden, hon minns, tänkte Magdalena. Men Marias ögon slöts, hon tänkte inte berätta, sa bara:

– Jag var femton år.

Nu hörde de Jesu röst tystna ute på gården och Magdalena sa:

– Kom, kom med mig så får du se vad han gör för de sjuka och de eländiga.

De stod båda helt nära Jesus när han förmådde en blind att se, en lam att gå och botade en hudsjuk kvinna. Maria från Nasaret såg det ske, hon var vit i ansiktet och läpparna var hårt slutna. Som för att hejda ett skrik, tänkte Maria Magdalena.

Dagen blev hetare, de närmade sig sjätte timman när skarorna äntligen skingrades. Ur hopen lösgjorde sig hans båda bröder, tunga av förundran.

Men Jesus gick först för att hälsa på sin mor.

– Jag ser att ni har blivit vänner, sa han till de båda kvinnorna. Och modern svarade:

– Vi har kommit att förstå varandra. Och jag har lärt mig mycket.

De åt en lätt måltid tillsammans, modern, hennes söner och Maria Magdalena. Det talades inte många ord vid bordet som om alla hade varit upptagna av sina tankar om vad som hänt på förmiddagen. Till slut bröt Maria Magdalena upp och sa:

– Solen står redan högt på himlen, det är dags för oss alla att gå till middagsvilan.

Modern vände blicken mot sin äldste son och såg vad Magdalena sett: att han var trött.

På eftermiddagen hade de ännu ett samtal, denna gång tillsammans med Maria, Klopas hustru, Salome och Johanna, förvaltaren Kusas hustru.

Maria från Nasaret berättade att ryktena om Jesus blev allt illvilligare i hemstaden. En dag sökte den gamle rabbinen i byn upp henne, de satte sig i verkstaden och sönerna avbröt sitt arbete för att lyssna.

Nu fick de veta att Sanhedrin, det judiska rådet i Jerusalem,

154

hade sänt skriftlärda till Galileen. För att sätta Jesus på prov.

Rabbinen hade sagt att det skett på uppdrag av självaste Herodes Agrippa, kungen som hade ansvar för att avslöja varje misstänkt uppror mot romarna.

Klopas hustru ropade högt:

– Men ett barn kan ju se att Jesus inte är en upprorsman.

– Kungen har som ni vet låtit avrätta Johannes Döparen. Ryktet säger att han och min son tillsammans döpte de upproriska i Jordan. Och att några av Johannes lärjungar nu anslutit sig till Jesus i Galileen.

Kvinnorna suckade, det var sant. De hade svårt för Döparens lärjungar, hårdföra män med brinnande ögon. Det var också sant att allt fler skriftlärda sökte sig till dem och ofta kom i dispyt med Jesus.

– Visste din rabbin vad de utsända haft att rapportera till Agrippa och Jerusalems präster?

Det var Magdalena, hon viskade.

Maria från Nasaret blundade som om hon ville dölja rädslan i blicken.

– Ja, sa hon. De säger att min son är galen, besatt av demoner. Att han utför sina underverk med kraft från Beelsebul. Att han sätter upp en son mot sin far, en dotter mot sin mor. Att han bryter mot lagen, inte helgar sabbaten och ständigt talar om det nya rike som skall komma. Hans syndaregister verkar utan slut.

– Vad tror du själv? frågade Salome.

– Jag vet inte, jag har alltid fruktat för hans förstånd. Men sen ser jag ju att det han gör är gott. När jag reste hemifrån var det för att varna honom. I dag har jag förstått att jag inte når fram till honom, att jag nog aldrig gjort det. Mitt hopp står till Magdalena.

Maria Magdalena nickade men teg om att Jesus redan visste, att det inte fanns någon människa vars tankar och avsikter han inte kände. Han gick med klar blick rätt in i det öde som var hans.

Salome kom till hennes hjälp:

– Ingen kan påverka honom.
– Jag skall ändå försöka.

Nu kom Jesus tillbaka, han hade vandrat i bergen med några av sina lärjungar. Kvinnorna gick för att laga kvällsmålet, Magdalena mötte Jesus som tog henne i famnen och kysste henne.
– Har du tid en stund för mig?
Det var ovanliga ord för att komma från henne, han log förvånad och sa att han alltid hade tid för henne. De gick tillsammans upp på sitt rum och hon berättade vad hans mor hade sagt.

Som hon väntat blev han inte förvånad. Men när han såg den skräck som fanns i hennes ögon frågade han:
– Vad menar du att jag skall göra? Jag måste lyda Gud.
De satt tysta en lång stund innan han sa:
– Jag är också rädd, Maria.

Maria tyckte genast om Barnabas. Det fanns något spefullt i hans ögon, som påminde henne om Leonidas.

Han har humor, tänkte hon.

Lång och gänglig var han också. Hans ansikte var vackert och mycket judiskt, en fint böjd näsa och varma bruna ögon.

Själv sa han att han var levit, född och uppvuxen på Cypern och att han egentligen hette Josef.

– Så blev du en tröstare och fick namnet Barnabas, sa Maria.

Det glimtade till i hans ögon när han svarade att Barnabas också kunde betyda förmanare.

Nu skrattade Maria och sa:

– Sätt igång då och förmana. Du har ju läst Markus anteckningar om vad jag har sagt och jag antar att du har invändningar.

Han sa som Paulus:

– Dina tolkningar av Jesu lära är intressanta men svåra att förstå. Folk behöver enkla regler och löften som går att begripa.

– Nya lagar, menar du?

Maria rodnade som alltid när hon blev upprörd, och hennes röst stegrades när hon fortsatte med tonvikt på varje ord:

– "Ve er, ni laglärda. Ni lastar på människorna bördor som är svåra att bära …"/"Ve er, ni laglärda, som har tagit nyckeln till kunskapen. Själva har ni inte gått in och dem som ville gå in har ni hindrat."

Barnabas var röd i ansiktet han också när han ropade:

– Vad i himlens namn är det du säger?

– Jag citerar ordagrant vad Jesus sa till de skriftlärda en

157

gång. Simon, du var med, du kan inte ha glömt det!

– Jag minns inte så bra som du. Men det var nog i stort sett vad han sa. Jag kommer ihåg det eftersom jag blev rädd.

– Det förstår jag att du blev, sa Paulus.

Barnabas, förkunnaren, suckade djupt. Bara rabbi Amasja såg glad ut:

– Jag skulle kunna tänka mig att bli kristen bara för dessa ords skull, sa han.

Det blev en lång tystnad innan Maria sa, i lugnare ton nu:

– Jag förstår också att den nya läran måste ha fasthet och struktur. Men den får inte bli ännu en av dessa religioner som har till uppgift att hålla ordning på människorna. Jag antar att ni har gjort uppteckningar av alla hans liknelser, så som Simon Petrus och de andra minns dem.

De nickade.

– Enligt min mening går de alla ut på en och samma sak, att människan är självständig och har ett ansvar. Och att det inte finns några garantier för att hon når Gud om hon följer alla lagar och regler. Att det kan vara alldeles tvärtom. Tänk på den förlorade sonen, på tjänarna som fick lika mycket betalt även om några av dem bara arbetat någon timma och de andra hela dagen.

Barnabas böjde sig fram mot henne och sa ivrigt:

– Skulle du kunna tänka dig att skriva ner hans liknelser så som du minns dem?

– Jag skall försöka.

De blandade sitt vin med vatten och drack. Det var varmt, trots skuggan i pergolan.

Så sa Paulus:

– Vad är enligt din åsikt det viktigaste i hans lära?

– Att försonas och förlåta, detta vi talade om i går. Du måste börja med dig själv, erkänna din rädsla och din självviskhet. Sörja det som hänt och förlåta dig själv. När du kan det behöver du inte lägga skulden på andra.

– Detta har du talat om förut och jag tror att du har rätt,

sa Paulus. Men det är svårt, nästan omöjligt. Hur kan vi någonsin försona oss med det onda vi gjort?

– Med Guds hjälp, sa Barnabas.

– Ja. Och genom att tro på sig själv, på himmelriket inom sig, sa Maria.

Simon Petrus skakade på huvudet:

– Himmelriket är inom er. Han sa det ofta men jag förstod det inte.

Maria böjde sig ivrigt fram mot Simon:

– Kommer du ihåg den gången en av er, jag tror det var Andreas, frågade Jesus var det nya riket fanns och när det skulle komma. Och han svarade att det redan fanns mellan oss. Det var ju sant, Simon, jag har tänkt så mycket på det, på den kärlek som fanns mellan oss som följde honom.

Samtalet avbröts av Leonidas som kom hem från sitt arbete i köpmanshuset.

– Stör jag?

– Nej, inte alls, sa Paulus. Tvärtom kanske du kan hjälpa oss att reda ut begreppen.

Leonidas hälsade på Barnabas som raskt återgav vad de talat om.

– Hur Maria tänker antar jag att du vet. Men man kan ju inte bygga en kyrka utan fasta regler och säkra påbud.

Leonidas skakade på huvudet.

– Det är svårt, sa han. Jag följde ju Jesus under olika perioder och jag lyssnade med hela min varelse till allt han hade att säga. Det var häpnadsväckande, det vände upp och ner på ens värld. På hemresorna till Antiochia försökte jag ta ner honom på jorden, jag minns att jag tänkte att det var hans auktoritet som fördunklade mitt klara grekiska tänkande.

Leonidas skrattade och sa:

– Det lyckades naturligtvis inte. Hans ord grodde i mig, växte som senapsträdet som han talade om. Det var en process. Jag tror inte man kan tillägna sig hans förkunnelse genom undervisning.

– Så vad gör vi, sa Barnabas och den spefulla blicken drog med sig ett ironiskt leende.

– Ni gör väl som ni är tvungna, sa Leonidas och log han också.

Han tänkte efter en stund innan han fortsatte:

– Ni har en nästan omöjlig uppgift. Det är ju så med oss människor att vi inte kan tänka om vi inte har en modell, ett mönster. Vi glider obönhörligt in i gamla föreställningar och så känner vi oss lättade för att vi tror att vi har begripit.

– Tror du att man kan tänka på nya sätt även om det gamla? frågade Barnabas.

– Jesus gjorde det. Han gjorde världen ny och därför var han en samhällsomstörtare. Jag kan förstå prästerskapet i Jerusalem och deras förfäran. Jesus var farlig för det judiska samfundet. Balansen mellan Sanhedrin och romarna är skör och de kunde inte riskera den.

De judiska männen runt bordet i pergolan höll andan men Leonidas fortsatte oförtrutet.

– Sen har vi tidsandan och där har vi alla ett tungt arv. Ni judar med alla era lagar, vi greker med vår naiva tro på logik och förnuft. Och sist men inte minst romarna som lever i övertron på romersk ordning och disciplin.

Han tänkte efter en stund innan han sa:

– I denna värld av regler, förnuft och disciplin ökar människornas längtan efter under. Det är naturligt att allt fler söker sig till de österländska mysteriereligionerna.

De satt fortfarande tysta. Till slut slog Leonidas ut med händerna i en uppgiven gest:

– Ibland har jag tänkt att Jesus kom för tidigt till världen, att den inte på långt när är mogen att förstå honom. De gudar vi dyrkar är avlägsna, svala. Men Jesu gud döljer sig i varje hjärta, han finns i livet, nästan aldrig erkänd.

Då gick det ovana leendet över Paulus ansikte:

– Nu har du glömt vad du själv sa om senapsträdet.

Som vanligt följde Maria sina gäster genom trädgården ut till porten. Under det stora fikonträdet stannade Paulus ett ögonblick och sa till henne:

– De ord han sa om sin mor och sina bröder måste ha sårat även dig, du som var hans ... utvalda.

– Ja. De gjorde ont, länge. Det var först när regnen kom som jag lärde mig att förstå och godta att han inte kunde ha några "utvalda".

Maria sov tungt den natten, den efterlängtade svalkan hade äntligen nått Antiochia. Men som vanligt vaknade hon före gryningen och öppnade sig för minnena.

Hösten sänkte sig över Kafarnaum och snart sköljde vinterregnen husen och piskade Gennesarets vatten.

Leonidas var där, förde långa samtal med Maria. Och med Simon Petrus som var orolig för hoten mot Mästaren, för de dunkla ord han sagt om sitt lidande och för hans trötthet.

Leonidas hade en vän som ägde ett hus vid floden inte långt från Betsaida. Mannen var syrier och gjorde fortfarande tjänst i den romerska kohorten i Caesarea. Leonidas sände ett bud till honom och fick tillåtelse att låna huset.

Så kom det sig att de två fick en tid för sig själva.

De sov mycket och skrattade mycket i den romerska sängen där de yppiga bolstren gjorde det svårt för dem att hitta varandra.

Hon berättade för honom om sina drömmar.

– Jag drömmer ofta om havet, sa hon. Jag går till stranden, står där och ser ut över vattenvidderna och känner mig renad.

– Det är som i öknen, sa han. Också där blir människan självklar.

Han log mot henne och hon visste att han njöt av tystnaden i det ensligt belägna huset.

Det regnade, vattnet drev i skyar över trädgård och hus, smattrade mot taket. Ibland gjorde det uppehåll, en blek sol glittrade i de regntunga träden. Jesus satt i dörröppningen, såg den törstiga marken dricka och regnbågen som slog sitt brospann över himlen.

Men så en natt hemsöktes Maria av den första mardrömmen, hon såg honom övergiven, misshandlad och förödmjukad, fastspikad vid stammen av ett högt träd. Hon vaknade kallsvettig i olidlig ångest.

Han sov, gudskelov.

Men nästa natt skrek hon högt i sömnen, han vaknade, tog om henne och sa:

– Berätta vad du ser.

– Mörker, ett egendomligt mörker över en stor stad. Det är jordbävning, du, du har äntligen fått dö, befriad från plågoandarna och tortyren.

Långsamt väckte han henne till den vanliga dagern i det rofyllda huset.

Gråtande berättade hon om drömmarna, om förödmjukelserna, hans olidliga plågor och sin egen förtvivlan.

Han måste trösta mig, han måste säga att drömmar inte har någon betydelse, tänkte hon.

Men han sa:

– Dina drömmar vet mer än du.

Hon blev tyst och kall, han la en filt över hennes axlar och slog armarna om henne. Lite senare sa han:

– Det är svårt för mig att förstå. Varför lever människorna utanför sitt eget väsen?

Hon förmådde inte tala, bara viska:

– Hur skulle vi orka annat?

Vid morgonmålet en stund senare talade han om sin mor, att hennes inflytande över hans sinne hade varit den svåraste frestelsen. Så lätt, så lätt det skulle ha varit att bli en god son, bli timmerman som avsett var och göra henne glad, befria henne från oron.

– Mödrarnas makt över barnen är stor, sa han.

Det blev tyst vid bordet, de kunde höra hur det smattrande regnet mot taket blev till enstaka droppar. Och hur vindarna drog genom trädens våta kronor.

Han öppnade en fönsterlucka, log mot solen.

163

– Maria kom och se.

De gick genom trädgården, hand i hand. För några korta ögonblick kunde hon vara som han, närvarande. Men bara glimtvis, sen tog den ohyggliga oron för framtiden över.

Först när hon diskade efter middagsmålet förstod hon varför han talat om sin mor som den stora frestelsen. Det var inte bara den uppslukande modern som hotade honom, det var också hon, kvinnan som älskade honom.

Nästa natt fick hon sova utan mardrömmar.

När hon berättade det på morgonen log han och sa att drömmarna inte behövdes längre. Budskapet hade tagits emot.

Hon vågade en fråga:

– Vad menade du när du sa att människan lever utanför sitt väsen?

– Men det vet du. Människans verkliga väsen, den innersta kärnan, är av Gud. Därifrån talar det jag kallar Guds röst.

– Till varje människa?

– Ja. Men hon har avskilt sig, hon lyssnar inte.

– Hon vågar inte. Hon har sin trygghet i övertygelsen att hon kan kontrollera livet, sa Maria.

– Jag har förstått det.

Sen nästan förtvivlat sa han:

– Maria, aldrig hade jag anat att människorna var så onda.

Värmen ökade för var dag, marken grönskade, de första anemonerna slog ut sina röda kalkar i det nya gräset. Det var dags för dem att bryta upp.

Lärjungarna samlades kring honom.

De gick mot Tyros, kanske var det hennes längtan till havet som påverkat honom. På en åker gick en man och sådde. Jesus såg på Maria och sa:

– Se. Om inte vetekornet faller i jorden och dör förblir det ett ensamt korn. Men om det dör ger det rik skörd.

Hon förstod men orden tröstade inte. Han såg det och sa:
– Även min själ är full av oro.
Det blev en lång tystnad innan han fortsatte:
– Ni måste alla ta ert kors och följa mig.
I den stunden insåg Maria varför hennes dröm hade visat honom spikad vid en trädstam. Han hade valt den hemskaste av dödar, korsfästelsen.

Levi såg på Maria, sa:
– Du är blek och trött. Låt oss ta rast och vila.
De fann en bäck i sluttningen, Salome, den alltid barmhärtiga, gav Maria att dricka och masserade hennes armar. Hon frös, hon var vit som lärft och Jesus såg på henne med ögon som mörknat av sorg.

Ryktet om att Jesus återigen var på vandring hade spridit sig, överallt samlades människorna kring dem. Återigen fanns de olyckliga, de sjuka, de förtvivlade i täta flockar runt Mästaren. Som han brukade gick han rakt ut bland de plågade, avlyfte deras skuld och botade deras sjukdomar. Maria såg på hans helbrägdagärningar som om hon sett dem för första gången.

Det är hans oerhörda närvaro som åstadkommer undren, tänkte hon.

Han möter var och en, ser hennes lidande, känner hennes fråga: "Varför gör livet mig illa." I det ögonblick han ger den sjuke sin hand möts de i total gemenskap.

Närvaro är kanske kärlekens innersta.

När skarorna växte talade Jesus. Hans ord trängde in i lyssnarna, i deras väsen, tänkte Maria som äntligen begrep varför han alltid berättade historier. Guds tal kan inte stängas in i formuleringar, det är mångtydigt och måste gå vägen genom bilder. Jesus målade, ibland roliga, ibland sorgliga, alltid häpnadsväckande bilder. Och varje målning fick eget liv i åhörarnas sinnen.

Han går förbi lyssnarens huvud och vänder sig direkt till hjärtat, tänkte Maria. Vi lär oss att det som tycks meningslöst är det enda meningsfulla.

De sov som oftast under vandringarna i lånade hus hos anhängare till den nye profeten. Den första natten under Tyrosvandringen fick de natthärbärge i två stora salar i ett hus som tillhörde en vän till Levi.

Männen bredde ut sina sovmattor i den större salen, kvinnorna i den mindre.

Det innebar att Jesus och Maria Magdalena inte kunde sova tillsammans. Som alltid när omständigheterna var sådana vaknade båda tidigt och vandrade tillsammans en stund i omgivningen.

Denna morgon sa Maria:

– Jag har tänkt många tankar i natt. Kanske är det så att den Gud du talar om inte har fötts ännu i våra hjärtan. Att du är långt före oss andra ...?

Han skakade på huvudet:

– I varje man eller kvinna jag ser in i finns Gud i kärnan. Tydligast hos de eländiga, de sjuka.

– Men om vi inte vet var Gud finns blir det ju svårt att söka honom.

– Det är så sorgligt, Maria. Men Han växer sakta i varje människa. Och en dag är Han redo för förlossningen.

– Som blir svår?

– Ja, allt det gamla måste kastas bort.

Nu tog flödet av minnen slut för Maria där hon satt i sin säng i Antiochia. Kom de fram till Tyros? Hon visste inte. Fick hon se havet? Hon mindes inte.

Alla bilder från vandringen hade försvunnit i den svarta förtvivlan som fördunklade hennes sinne.

När Maria skrev ner sina minnen från vintern i Betsaida och vandringen mot Tyros tänkte hon noga över vad hon skulle säga till de tre apostlarna. Och vad hon skulle utesluta.

Inte ett ord om syrierns hus, bara att Jesus fått vila under vinterregnen. Och att hon sett till honom, lagat hans mat och tvättat och skött hans kläder.

Hon log vid minnet av hur hon knåpat med lagningen av hans mantel, som alltid revs sönder av folk som grep tag i den för att få del av hans kraft. Nåja, hon hade tråcklat samman revorna. Men när de kom tillbaka till Kafarnaum hade Susanna tagit hand om manteln, skakat på huvudet och gjort om lagningarna.

De satt som de brukade i pergolan, det var en sval dag och de nästan njöt av att frysa lite.

Paulus sa:

– Enligt alla vittnesmål som vi har samlat var du och han ofta tillsammans på tu man hand. Det måste finnas ord han sagt till dig som andra inte känner.

Hon berättade om mardrömmarna hon haft den vintern och om sin fruktansvärda rädsla.

– På morgonen gick jag till honom med drömmen och hoppades att han skulle säga att drömmar bara är såpbubblor som förflyktigas i dagens klara ljus. Men det gjorde han inte. Han sa att drömmen var ett bud från mitt innersta väsen, som visste mer än jag. Men att jag som de flesta andra avskilt mig från den kärna där Gud tar sin boning i människan.

Paulus gav tecken till Markus som skrev, detta var viktigt.

167

– Senare på vandringen mot Tyros frågade jag honom om det kunde vara så att det väsen han talade om ännu inte hade fötts hos den vanliga människan. Att han kanske var den förste på jorden som ägde vissheten om Guds närvaro i sitt eget hjärta. Då svarade han att han kunde se den i varje människa. Och tydligast hos de sjuka och skuldtyngda.

Lång tystnad medan Markus skrev. Så återtog Paulus:
– Du frågade inte varför han menade att den sjuke och plågade hade bättre kännedom om sitt … egentliga väsen.
– Nej, jag kom mig inte för.
Petrus kom till hennes hjälp.
– Det är svårt att förklara varför vi inte frågade mer. Det var inte för att vi var rädda, det var mer för att varje svar vi fick var så överraskande, att vi måste ha tid att smälta det.
– Så var det, sa Maria. Sen vände hon sig till Paulus:
– Jag tror ändå att jag kan svara på din fråga om varför han så tydligt såg Guds ljus hos de sjuka och plågade. Det hänger samman med något annat han sa.
Hon gjorde ett uppehåll, tänkte efter.
– Han sa att för att vi skall bli medvetna om Guds närvaro inom oss måsta vi förkasta mycket. Alla föreställningar vi bygger våra liv på, alla dogmer. All vår ynkliga stolthet och, kanske svårast av allt, vår skuld och våra tillkortakommanden.
Guds födelse i våra hjärtan sker under stor smärta, sa han.
Hon blev tyst en stund innan hon vände sig till Paulus:
– Det är ju vad den eländige, den sjuke och den utstötte redan tvingats göra.
Paulus nickade, Markus skrev. Barnabas frågade:
– Hur skall vi orka det?
– Men det har han ju själv sagt. "Jag är med er alla dagar …"
– Du har rätt, sa Paulus som var starkt berörd. Nu lever inte längre jag utan Kristus i mig.
Maria funderade en stund och vände sig sen till Simon Petrus.

– Du Simon Petrus bör ju veta om arameiskan har ett ord eller två för tro.

– Bara ett.

– Grekiskan har två, tro och tillit. Kanske var det tillit Jesus talade om när han sa "din tro har hjälpt dig".

Paulus såg undrande ut.

– Är det någon skillnad?

Maria skrattade kort innan hon svarade:

– Jag har fått för mig det.

Det blev en lång tystnad innan Maria fortsatte:

– Jag har inte många minnen från vandringen till kusten, jag var som bedövad av oro. Men det jag iakttog fick ny klarhet. Jag tyckte mig rent av förstå hur hans underverk gjordes. Han fick tiden att upphöra.

– Men lilla Maria, sa Barnabas. Ingen kan få tiden att stå stilla.

Maria log och sa:

– Jo, Barnabas, han kunde. Han mötte en plågad människa, såg in i dennas väsen som är av evighet. Där möttes de två, i fullkomlig närvaro. Och undret kunde ske. Förstår ni?

Det blev tyst en lång stund. Maria fortsatte:

– Jag minns att jag tänkte att det är denna närvaro som är kärlek.

– Menar du att det som skilde honom från alla andra var hans förmåga att stanna tiden?

– Oh, Barnabas, vad du tar allt bokstavligt. Det som skilde honom från oss var att han var medveten om att han var i Gud och Gud i honom. Petrus, du minns säkert hur han talade om ljuset, att den som har ljuset inte sätter det under sädesmåttet. Han menade att det är det vi gör, vi har insikten men vi skymmer den, vi ger den ingen möjlighet att skina igenom.

– Du har sagt att han hörde Guds röst. Nu talar du om ljuset.

– Men han sökte alltid nya bilder för att få oss att förstå.

169

Inte tror jag att han bokstavligt talade om en röst som sa vanliga ord. Jag minns att jag frågade honom någon gång i början hur han kunde vara säker på att hans inre röst var Guds. Han svarade enkelt: "Jag vet."

Terentius och Kipa hade gått på mötet i den gnostiska församlingen så Leonidas och Maria åt ett enkelt kvällsmål i köket.

Maria hade dålig aptit, Leonidas såg oroligt på henne. Hon var blek av trötthet.

– Jag känner mig utsliten, sa hon.

Han blev orolig, Maria brukade aldrig klaga. Som alla andra i Antiochia var han rädd för pesten som kunde slå staden med sjukdom och död efter en lång och het sommar.

– Du har inte feber?

– Nej, jag är bara trött.

Hon gick tidigt till sängs, Leonidas satt hos henne tills han var säker på att hon somnat.

Det är för mycket för henne, tänkte han oroligt och beslöt sig för att stanna hemma följande dag när apostlarna skulle återkomma.

Maria blev glad över hans beslut, hon vilade länge på morgonen och gick bara en kort promenad i trädgården.

– I dag är huvudet blankt, sa hon. Det är en sån där välsignad stund när infall och konstiga tankar håller tyst.

Men oron fick fatt i henne igen timman innan apostlarna skulle komma. När de satte sig i pergolan måste Maria hålla tillbaka sin längtan att hålla Leonidas i handen.

Stämningen var annorlunda än vanligt, grekens närvaro fick apostlarna att ta på sig maskerna, stolthet och värdighet. De pratade om sina svårigheter att bringa samman allt det nya i Jesu lära och ge det en fast form.

Leonidas log mot Maria:

171

– Jag förstår att dina bröder här vill att du skall vara mer konkret. De vill ha fakta.

– Men du vet ju att Jesu budskap inte går att stoppa in i fakta.

– Vilket inte hindrar att apostlarna behöver det.

Maria tyckte sig höra hur Jesus skrattade. Nu var hon själv där i hans situation. Men hon ägde inte förmågan att måla motsägelsefulla, spännande och angelägna bilder i ord.

Men Paulus ville vara konkret:

– Det berättas att Jesus på vandringarna i trakten kring Tyros sa till en kananeisk kvinna som sökte bot för sin dotter, att han inte blivit sänd till andra än de förlorade fåren av Israels folk. Och att han inte kunde ta brödet från barnen och ge det åt hundarna.

Marias kinder färgades röda av vrede när hon utropade:

– Det är inte sant. Jag var där, jag vet. Det var kvinnan som sa de orden. Hon var förtvivlad och trodde väl att om hon ödmjukade sig med sitt tal om hundarna som tiggde smulorna vid den rike mannens bord, skulle hon beveka honom. Men han fylldes av medlidande och sa de vanliga orden: "Din tro har hjälpt dig."

Maria såg på männen, blicken stannade på Petrus.

– Du vet ju att han aldrig skulle kunna säga något sånt. Han talade med den samariska kvinnan vid brunnen, länge och med full uppmärksamhet. Han tog emot greken Leonidas som en bror, han tvekade inte ett ögonblick att gå in i den romerske officerens hus i Kafarnaum för att bota en sjuk tjänare. Det var romaren som hindrade honom. "Säg ett ord och pojken tillfrisknar."

Simon Petrus teg. Maria fortsatte och nu slog hon handen i bordet:

– Du vet mycket väl att han aldrig gjorde skillnad på kvinnor och män, hedningar och judar.

Barnabas kom till Simons hjälp:

– Maria. Du kan ändå inte förneka att Israel var förutbestämt att bli Kristi vagga.

172

– Och till att bli hans bödel, enligt vad som sägs allt oftare nu.

Det var rabbi Amasja och rösten var iskall.

– Jag har också hört att Pilatus skulle ha låtit sig styras av en judisk folkhop, sa Leonidas. Men det är ju så dumt att ingen kommer att tro det. Tror ni att en romersk guvernör skulle låta sig påverkas av en skränande mobb. Jesus dömdes som folkuppviglare efter en romersk rättegång till korsfästelse, ett dödsstraff som endast romarna använder.

Simon Petrus tog ordet:

– Det sägs att Pilatus tvådde sina händer.

– Vid alla gudar, nästan ropade Leonidas. Jag känner Pontius Pilatus, grym, kall och hänsynslös. En romare av värsta sorten. Han avskyr judarna. Skulle han ha vädjat till en judisk folkhop för att spara livet på en galen jude. Det är ju inte klokt, fortsatte han och slog en knuten hand i bordet. Kan ni tänka er en romersk konsul som tvår sina händer för att han dömt en jude till döden. Ni vet lika väl som jag att han låtit korsfästa tusentals judar. För övrigt är denna handtvagning en judisk sed som Pilatus knappast hört talas om.

Tystnaden i pergolan var tung nu, ogenomtränglig.

Efter en lång stund tog Leonidas ordet, sa:

– Jag förstår att det måste bli en livlig mytbildning omkring Jesus. Men ibland kan jag tycka att den tar sig osmakliga uttryck. Som detta med jungfrufödelsen.

– Jag talar aldrig om den, sa Paulus. Men jag vet att legenden frodas i många kretsar.

Nu tog Barnabas över:

– Maria, hörde du honom någonsin tala om sin härkomst.

– Nej. Han sa en gång att hans far Josef var en god och rättsinnad man. Men han sa också att han inte kände honom.

Hon funderade en stund innan hon fortsatte. Rösten tvekade:

– Men det hände något annat, något som … Det var när jag talade med hans mor och hon berättade att hon bara var femton år när Jesus föddes … Sen såg hon bort och mindes något, det är jag viss om. Men hon slöt sig igen och fortsatte sin klagan över att hon aldrig förstått sig på sonen.

– En man gick förbi hennes hus, sa Leonidas.

Apostlarna såg skrämda ut.

– Hur skulle du sammanfatta hans moraliska budskap? Det var Barnabas som frågade Leonidas.

– Hans lära byggde i stort sett på urgammal visdom. Men han förmedlade sina bud på ett häpnadsväckande sätt och öppnade för en ny verklighet.

– Vad menar du med urgammal visdom?

– Moses bud, som har stora likheter med Hammurabis lagar. För att inte tala om de gamla egyptierna. Vet ni vad den döde skulle säga till Osiris när han mötte sin gud i dödsriket. Maria, du som har gott minne kan citera.

Hon tvekade en stund, men sa:

– I stora drag kommer jag nog ihåg: "Sanningens Herre, inför dig frambär jag sanningen … Jag har förintat det onda inom mig … jag har aldrig dödat, inte vållat någons tårar. Jag har inte låtit någon hungra, inte gjort någon rädd, inte talat med högmodig stämma för att framhålla mitt namn. Och jag har aldrig avvisat Gud i hans uppenbarelse."

– Maria, sa Barnabas, är du jude eller hedning?

Maria mötte lugnt hans blick:

– Jag är kristen. Kristnad av Mästaren själv.

Rabbi Amasja och Leonidas log. Maria vände sig till Petrus:

– Varför måste det till en dröm där Gud själv sa till dig att det inte finns några orena djur i hans skapelse för att du skulle förmå dig till att gå till Cornelius, romaren, som behövde få höra om Jesus?

Petrus förstod inte frågan.

– Men du hade ju Jesu befallning: "Gå ut och berätta för alla folk …"

174

Petrus tvekade, till slut sa han:

– Det är ett svårt steg att ta för en jude. Men jag lyder nu, jag reser runt i världen och för hans ord till hedningarna.

– Tänker ni aldrig på att ni är det enda folket i världen som delar in människorna i rättrogna och hedningar, frågade Leonidas.

Det blev tyst länge men Leonidas fortsatte envist:

– Alla människor är naturligtvis präglade som mynt av de uppfattningar de fostrats med. Men ni är de enda som hävdar att ni ensamma har sanningen. Det är svårt att förstå.

– Vi har Guds ord på det. Och vi är utvalda av Honom, sa Barnabas.

Leonidas suckade.

Paulus hade under hela samtalet givit tecken åt Markus, skrivaren. Varje ord fanns nedtecknat. Men nu stelnade han och vände sig till Maria.

– Redan vid vårt första möte klandrade du Petrus för att han stängt ute dem du kallar Jesu kvinnliga lärjungar. Men Simon Petrus uppgift hade varit omöjlig om han sänt ut kvinnor för att förkunna Jesu budskap.

– Varför det? frågade Maria.

– Du vet mycket väl att lagen säger att kvinnan bara får ta emot undervisning i stillhet och alltid underordna sig. Jag kommer aldrig att tillåta en kvinna att förmedla vår lära.

– Varför det?

– Därför att Gud skapade Adam först. Och för att det var kvinnan som lät sig lockas av ormen och förledde mannen.

Leonidas och Maria satt stumma, såg på varandra.

Nu tog rabbi Amasja ordet och han var upprörd:

– Det står på annat ställe i skriften att Gud skapade människan till sin avbild. "Till man och kvinna skapade han dem."

Han vände sig till Leonidas och sa:

– Det finns en judisk vishetsteologi och där är Visheten ett kvinnligt väsen. I Ordspråksboken berättas om Sofia, Guds dotter, som skapades långt före människan. Och som besöker jorden för att förmå oss att lyssna och lära.

Han drog efter andan innan han fortsatte:

– Det har ofta slagit mig att hennes budskap har stora likheter med detta som Jesus sa.

Paulus svar var kort och knappt:

– Du citerar ställen ur den heliga skrift som jag känner dåligt till.

– Men du är ju skriftlärd, en farisé, sa Leonidas häpet. För övrigt har ni ju bestämt er för att följa Mästarens bud att gå ut till alla folk.

Leonidas fortsatte:

– Jag vet mycket om din gärning, Paulus, mer än du tror. Såvitt jag förstår bygger du ofta dina framgångsrika församlingar med hjälp av fria och självständiga kvinnor. Vi har Lydia i Philippi, Damaris i Athen, Priscilla som är en hörnsten i församlingen i Korinth. Vi har en annan Priscilla i Rom och ännu en Lydia i Thyatira. Och det är bara några.

– Man får ta seden dit man kommer, sa Paulus men han såg träffad ut.

Leonidas fortsatte:

– Jag vet också att du har bekymmer med församlingen i Korinth. Där finns kvinnor som menar att de är Vishetens sändebud, och där Jesu liv och gärning ses som en fortsättning av vad Sofia lär.

Paulus ansikte var hårt slutet, det var uppenbart att han inte tänkte gå i svaromål. Leonidas fortsatte:

– Ännu viktigare borde det vara att Jesus själv inte såg kvinnor som lägre varelser. Kommer du Petrus ihåg vad han lärde er en gång?

– Du menar när han sa att män skulle bli som kvinnor och kvinnor som män, sa Petrus motvilligt.

Han var tyst en god stund som om han tänkte efter. Sen suckade han och fortsatte:

– Jag förstod det inte då och jag förstår det inte nu.

– Ändå är det inte svårt att begripa, sa Leonidas sarkas-

176

tiskt. Men jag skall sluta nu, man kan inte argumentera med fördomar.

Barnabas bleknade av vrede när han svarade med en fråga:
– Och vilka fördomar har du, anhängare av Zeus och alla hans hemska avgudar?

Leonidas skrattade:
– Jag har aldrig anslutit mig till Zeuskulten. För övrigt har du missförstått den grekiska gudavärlden som är mycket mer symbolisk än vad ni tror. Nu är jag som Maria, en kristen. Och mycket kritisk om ni låter er fångas i gamla dogmer.

Maria fyllde gästernas bägare, de drack och trots dispyten bröt de upp i vänlig stämning. Leonidas mindes plötsligt att judarna älskade diskussionen, hårklyverierna. Det är en av deras storartade sidor, tänkte han motvilligt.

När Paulus skildes från Maria vid porten sa han:
– Någon gång måste du berätta vad du såg på uppståndelsedagen. Och om hans död.

Maria slöt ögonen.
– Du sörjer ännu? Efter alla dessa år.
– Ja.

På vägen tillbaka till synagogan sa Barnabas:
– Hon begär att vi skall göra oss urarva.

Då sa rabbi Amasja:
– Såvitt jag förstår var det just det er Mästare krävde.

Men Paulus deltog inte i samtalet, han förblev tyst och upptagen av frågan hur Leonidas kunde veta så mycket om hans församlingar i den grekiskromerska världen.

Och först och främst: Hur kunde greken ha kännedom om de interna motsättningarna i Korinth?

En dag skall jag fråga honom, han kommer att svara.

– Vi tar en promenad i trädgården före middagen.

Förslaget kom från Leonidas när Maria återvände till pergolan. Hon nickade och log:

– Vi behöver lugna oss, menar du?

Leonidas skrattade.

– Nej, jag är varken förvånad eller upprörd.

De gick uppför på den slingrande stigen och nådde den högsta terrassen, såg ut över havet där solen snart skulle försvinna.

– Det är något annat jag ville göra dig uppmärksam på så här i enrum, fortsatte Leonidas. Har du märkt att Terentius ständigt dyker upp under våra samtal med apostlarna. Han är sluten och hövlig som alltid, men hans öron är röda av nyfikenhet.

Maria såg så häpen ut att Leonidas måste skratta åt henne. Sen blev han hastigt allvarlig. Han såg hur hon rodnade och skyndade sig att säga:

– Du behöver inte vara rädd. Han är lojal och aldrig indiskret, det har han lärt sig med ryggmärgen.

– Jag är inte rädd, sa hon. Men jag skäms, jag inser plötsligt hur Terentius och hans hustru har blivit självklara som möbler i mitt hem. Inte längre människor, det är hemskt.

Leonidas var förvånad.

– Det är ju han själv som skapar avståndet.

Hon teg, det var sant. Men Jesus skulle aldrig ha godkänt det, han skulle ha tvingat fram ett möte.

Leonidas fortsatte:

– När jag köpte de två av Livia sa hon i förbigående att det

178

enda hon hade att invända mot Terentius var att han och hans hustru tillhörde en hemlig kristen sekt.

Maria var stum av förvåning, Leonidas fortsatte:

– Du förstår säkert vilket intryck det gjorde på honom när han förstod att du var Maria Magdalena. Det finns sekter i Antiochia för vilka du är nästan lika helig som Jesus själv.

Maria stod stilla, såg bort nu mot staden, tänkte på hur hon gått på de stora avenyerna och lyssnat på de buddistiska munkarna i sina saffransgula kläder och hört Zoroasters vise män förkunna sin lära. I Antiochia möttes iranska tankar om själens himmelsfärd, judisk vishetslära, babylonisk astrologi och grekisk filosofi. Hon hade stannat allt oftare hos de indiska vishetslärarna, hört dem tala om människans kärna som identisk med Gud. Känt igen, tänkt att detta kunde Jesus ha sagt även om hans ord skulle ha varit annorlunda.

Om hemliga kristna sällskap hade hon inget hört. Men de fanns alltså.

När Leonidas försvunnit till sitt kontor nästa morgon hade hon fattat sitt beslut. Hon gensköt Terentius som var på väg till marknaden och sa mycket bestämt:

– Jag vill tala med dig.

Han rörde inte en min, inte förrän hon bad honom sitta ner på stolen mitt emot skrivbordet i biblioteket. Hans vackra olivfärgade ansikte mörknade och Maria såg en möjlig öppning för samtalet.

– Jag har förstått att du och jag har samma Mästare. Inför Jesus har alla människor lika värde. Om du envisas med att stå gör jag likadant.

Och hon stod, rak som en staty med armarna i kors över bröstet. Plötsligt såg hon att det ryckte i hans mungipor och hon tänkte häpen att han var nära ett leende.

Han satte sig. Hon satte sig, sa:

– Berätta om din tro, Terentius.

Det var en befallning, hon var själv förvånad över tonen.

179

Men den hade avsedd verkan, nubiern började i knappa orda-lag beskriva den gnostiska församlingen i Antiochia. Han be-rättade om vägen till kunskapen som gick mot människans in-nersta och som inte kunde läras.

Maria lyssnade, sa till slut:

– Tror du att du kan ta med mig till en av era gudstjänster?

– Ja.

– Som du förstått är jag mycket rädd om min anonymitet.

– Jag vet. Den behöver inte riskeras. Du går i din svarta mantel och har slöjan för ansiktet. Om någon frågar går jag i god för att du är en ... vän och sökare. I kväll sen mörkret fallit.

– Bra, sa Maria. Och tack för att du ville tala med mig.

Han gick baklänges mot dörren.

Det var en stor sal i ett rikt hus, de satt på kuddar på golvet och de var många. Slavar och fria, kvinnor och män blanda-de. Många hälsade varmt på Terentius och hans hustru, ing-en frågade vem den beslöjade kvinnan i hans sällskap var. Stämningen var högtidlig men gudstjänsten inleddes med lottdragning. Förvånad förstod Maria att de drog lott om vil-ka som skulle leda gudstjänsten, vem som skulle vara präst och predika, vem som skulle ge sakramentet och vem som skulle leda bönen.

– Det får inte finnas någon fast rangordning, viskade Teren-tius som såg Marias förvåning. Här är alla lika.

En kvinna fick rollen som präst. Hon var inte ung, år och er-farenheter hade ristat rynkor i hennes ansikte. Men hon var smärt och högväxt och hennes klädnad var lysande röd.

– Vi som har avsagt oss Demiurgen vet att den makt som de naiva dyrkar såsom skapare och allsmäktig bara är en bild, började hon. Den sanne Guden är inte konung och herre, det är inte han som stiftar lagar, utkräver hämnd och för oss ut i blodiga krig.

Hon rörde sig hela tiden medan hon predikade, armarna

180

talade i stora gester, fötterna rörde sig som i dans. Så stod hon blickstilla ett ögonblick:

– Gnosis är att komma till insikt om den sanna källan, nämligen djupet i allt som är. Var och en som lärt känna denna källa har lärt känna sig själv.

Maria hade hjärtklappning. Kvinnan fortsatte:

– Apostlarna sprider nu läran om Jesu kroppsliga uppståndelse. Men vi vet att han är ande och med oss i alla våra handlingar. Vi vet också att vi måste återuppstå från de döda medan vi lever. De som säger att vi först måste dö och sedan återuppstå i den förgängliga kroppen är villolärare.

Maria tvekade, hon kunde höra orden om vetekornet: "Det som inte faller i jorden och dör …"

– Vi vet att Kristus efter korsfästelsen uppenbarade sig för vissa lärjungar i visioner. Först och främst för Maria Magdalena. Hon berättade vad han sagt henne vid ett upprört möte i Jerusalem.

Maria kunde bara glimtvis uppfatta hur kvinnan där framme på podiet ord för ord upprepade vad hon en gång sagt. Det finns bevarat, någon har kommit ihåg … Tårarna skymde hennes sikt, slöjan för ansiktet gjorde det svårt att andas och hon svettades i den tunga manteln.

Resten av gudstjänsten gick henne förbi. När Terentius och hans hustru gick fram för att ta emot brödet och vinet gick hon långsamt ner för trappan och ut på gatan där hon drog djupa andetag i den svala nattluften.

De tre gick tysta hemåt, Maria i hopp om att Leonidas skulle vara tillbaka i huset. Hon måste få berätta. Men han hade inte kommit hem och hon gick som i trance till sitt rum, fick av kläderna, la sig på sängen och tänkte: Jag kommer aldrig att somna.

I nästa stund sov hon.

Hon vaknade i gryningen, tung i kroppen, gick in i Leonidas rum. Hänsynslöst ruskade hon honom vaken:

– Jag måste få tala med dig.

Och hon berättade. Han lyssnade, sa slutligen:

– Du är indragen i ett spel som är mycket större än vi förstått.

– Vad för spel?

– Det handlar om makt, om makten som den nya kyrkan skall byggas på.

Han satt tyst och allvarlig i sängen. Slutligen sa han:

– Låt dig inte utnyttjas av någon. Jag ber dig, Maria. Håll dig utanför alla sekter, även Petrus och Paulus.

Efter frukosten samma morgon när Leonidas försvunnit mot köpmanshuset, gick Maria för att tala med Terentius. Han sopade gården.

– Kan vi byta några ord.

Han dammade av sin dräkt och följde henne till pergolan.

– Sitt.

– Jag står hellre.

Maria suckade och fortsatte:

– Du förstår säkert att det var en stor ... upplevelse för mig att delta i er gudstjänst. Vet du varifrån ni fått uppgifterna om ... dispyten i Jerusalem?

– Nej.

– Tror du jag kan få möta kvinnan som predikade?

Han såg bekymrad ut.

– Det skulle naturligtvis gå att ordna, sa han. Men är det så klokt? Hon är mycket snabbtänkt och skulle snart förstå vem du är.

Maria insåg att han hade rätt.

– Om du vill kan jag hålla dig underrättad om vad som sker hos gnostikerna, sa Terentius.

– Det är jag tacksam för. Vem är Demiurgen?

– Den gud judarna tror på, sa han. Vi anser att han är en fallen ängel som befinner sig i ständig strid med Gud.

– Det var en underlig lära.

Terentius svarade inte, bugade för att gå. Men Maria hejdade honom:

– Varför säger din hustru aldrig ett ord?

Om han rodnade kunde hon inte se det i det mörka ansiktet men hon förstod plötsligt vad Leonidas menat när han talat om Terentius röda öron. Han tvekade men sa till slut:

– Kipa såldes vid sju års ålder till en bordell i Thebe. Hon blev våldtagen och torterad i månader. Men hon skrek hela tiden och de tröttnade på henne, skar av henne tungan och kastade ut henne på gatan. Där fann jag henne.

Maria reste sig hastigt, gick förbi Terentius och ut i köket där Kipa rensade grönsaker. Hon gick rakt fram till flickan och tog henne i sina armar.

De stod där länge. Efter en stund grät de båda.

Efteråt var Maria trött och gjorde något mycket ovanligt, gick till till sitt sovrum och la sig på sängen.

Hon var tung i huvudet och tankarna irrade, ofullkomliga och utan slutledningar. Ett tag försökte hon be, men inte heller det kunde hon genomföra.

I nästa stund sov hon, några ögonblick senare drömde hon. Ett mörkt rum i övervåningen på ett stort hus i Jerusalem, Jesus vid hennes sida. Han sov, hon vaknade av att det bultade på porten. Redan i drömmen kände hon motståndet, hon ville inte tillbaka till Jerusalem, inte nu, inte ännu.

Men drömmen fortsatte.

Hon hörde hur Andreas som hade nattvakt talade. Men rösten som stod mot hans var van att befalla, tydlig och krävande. Den väckte Jesus, som ropade neråt trappan:

– Säg åt honom att jag kommer.

Medan han drog manteln över livklädnaden sa han till Maria:

– Det är Nikodemos, en av rådsherrarna i Sanhedrin.

Maria ville säga: Gå inte. Men hon hade lärt att inte visa sin rädsla.

Också hon drog på sig manteln, smög ett stycke ner i den långa trappan, satte sig. Hon visste att Jesus såg henne, liksom Andreas som stod på vakt vid dörren.

Mannens röst var ödmjukare nu:

– Vi vet att du kommer från Gud. Ingen kan göra sådana

tecken som du om inte Gud är med honom.

Jesu svar förvånade även Maria:

– Den som inte blir född på nytt kan inte se Guds rike.

Nikodemos gav uttryck åt sin förvåning:

– Hur kan någon födas när han är gammal? Han kan väl inte komma in i moderlivet och födas igen.

– Jag säger dig att den som inte blir född av vatten och ande kan inte komma in i Guds rike. Det som är fött av kött är kött och det som har fötts av ande är ande. Var inte förvånad över att jag sa att ni måste födas på nytt. Vinden blåser vart den vill, och du hör den blåsa men vet inte varifrån den kommer eller vart den far. Så är det med var och en som har fötts av anden.

En stund senare såg hon den högreste mannen med de långa manteltofsarna försvinna.

När porten slog igen vaknade Maria på sin säng i Antiochia. Klartänkt och trygg. Hon tog ett bad, tvättade sitt hår och klädde sig i rena kläder. Sen satte hon sig i trädgården och lät solen torka det utslagna håret. Det var varmt men en svalkande vind svepte in från havet.

Vinden som blåser vart den vill, tänkte Maria, blundade och mindes.

DEL III

De for över sjön i båt och började vandringen mot Jeriko. Maria var ljus till sinnes, en oväntad glädje. Den stora oron hade lämnat henne för ett tag.

Hennes blick var klar som ett barns, hon såg som aldrig förr. Träden som knoppades, anemonerna i de nyutslagna gräsen. Liljorna på marken, de som inte sår och inte skördar. Bara lyser till glädje för sig själva, Gud och människorna.

"Och turturduvan lät åter höra sin röst …"

De gick i Jordanflodens dalgång, ibland kunde de se floden skymta, någon gång tog de rast och tvättade sina dammiga fötter i det strömmande vattnet. Men ju längre söderut de kom desto svårare blev det att ta sig ner till stranden. Grönskan blev ogenomtränglig, mängder av akacior, vassa törnen, många sorters vass. Doftsäv. Och papyrus som täckte stränderna och fortsatte långt ut i vattnet.

Någon timma senare fylldes luften av dofter, Maria stannade och vädrade. Levi som såg hennes undran sa: "Det är balsam, ett av de träd som gjort Jeriko berömt."

Sen, nästan överraskande, dök oasen upp i blickfältet som en skimrande hägring, grönare än någon plats som Maria sett, men också skär av blom från mandelträden, röd av rosor, gyllene av ginst. Maria fylldes av förundran.

Höga stammar utan blad kantade vägen, först högt upp i skyn slog de ut sina väldiga kronor.

– Det är dadelpalmer, sa Levi.

Nu såg de folkskarorna som samlats vid vägen i väntan på

Jesus. Maria var inte längre förvånad, hon hade lärt sig att det inte bara var ryktet som gick före honom. Nej, Simon skickade sina budbärare, i Jeriko fanns det inte ett barn, en man eller en kvinna som inte nåtts av budet att Jesus från Nasaret skulle gästa oasen på sin väg till påskhögtiden i Jerusalem. Och många kände honom, han hade besökt dem tidigare under sina vandringar mellan Judeens städer, där han botat sjuka och talat om Guds rike. Här fanns också folk från Jerusalem, lytta, blinda.

Och en grupp skriftlärda.

Maria suckade, hon var rädd för dispyterna. Och hon hade gärna sett att han hade fått vila en stund efter vandringen. Men han gjorde som alltid, stannade hos de plågade, tog deras händer i sina och gav dem bot och nytt hopp.

En blind ropade:

– Jesus, Davids son, förbarma dig över mig.

Folk försökte få honom tyst, men Jesus gick genom hopen och frågade den blinde:

– Vad vill du att jag skall göra för dig?

– Gör så att jag kan se igen.

– Du kan se. Din tro har hjälpt dig.

Lärjungarna var trötta och hungriga men de fick vänta i många timmar innan de kunde fortsätta in mot oasen. Där satt en man i en sykomor, en liten man med långa armar och korta ben, en stor näsa men utan ett hår på huvudet.

En rik man, men föraktad av stans invånare.

Maria förstod det liksom hon med ens visste varför han klättrat upp i trädet. Han var huvudet kortare än sina grannar, men han hade beslutat sig för att han skulle se Mästaren.

Hon dolde ett leende.

Men Jesus såg upp i trädet och sa:

– Skynda dig ner, Sackaios, i dag skall jag gästa ditt hem.

Medan den lille mannen hasade nerför trädet kunde hon höra hur det mumlades i hopen: "Han tar in hos en syndare och publikan."

När tullindrivaren nått marken sträckte han på sig och
vände sig till Jesus:

– Hälften av vad jag äger, herre, skall jag ge till de fattiga.
Om jag pressat ut pengar av någon, skall jag betala igen det
fyrdubbelt.

Sen skyndade han iväg för att förbereda middagsmålet.

Medan de gick vidare mot Sackaios hus hejdades Jesus av en
skriftlärd som frågade när Guds rike skulle komma. Han
svarade som han brukade att Guds rike inte kommer på ett
sånt sätt att man kan se det med sina ögon.

– Ingen kan säga: Här är det, eller där är det. Nej, Guds rike
är inom er.

Han sa det så många gånger och så tydligt, tänkte Maria.
Ändå var det ingen som förstod.

När de låg till bords i publikanens hus tog svårmodet åter-
igen makten över Maria och hennes ögon mörknade av oro.
Efter middagsvilan hörde hon Jesus tala med några fariseer.
De ville varna honom:

– Skynda dig iväg härifrån. Herodes vill döda dig.

Men hans svar var tydligt:

– Hälsa den räven att i dag och i morgon driver jag ut de-
moner och gör de sjuka friska, och på tredje dagen är jag vid
målet. I dag och i morgon och i övermorgon måste jag vand-
ra vidare, ty en profet får inte mista livet någon annanstans
än i Jerusalem.

När natten kom bredde de ut sina sovmattor i Sackaios hus,
männen för sig i den största salen, kvinnorna i ett mindre
rum. Maria sökte sig till Lydia, en kvinna som var ny bland
lärjungarna och som Maria fäst sig vid för hennes oändliga
tålamods skull. Jesus hade mött henne i en synagoga i Gali-
leen, hon var böjd mot marken av en skada i ryggen och
hade inte kunnat räta på sig på många år. Jesus hade lagt
märke till henne, kallat henne till sig, lagt händerna på hen-

ne och sagt henne att hon nu var fri från sin sjukdom.

Maria hade många minnen av botade. Men detta var ett av de klaraste. Hon skulle aldrig glömma Lydias ansikte när hon rätade på sig, reste sig i hela sin längd och drog ett djupt andetag, befriad från värken.

Hon kom att stanna hos dem, gav sina sparslantar till den gemensamma kassan och spred sin klokskap och glädje till dem alla.

Nu la hon sina armar runt Maria och drog henne till sig. Hon talade inte men Maria kunde gråta.

Nästa dag gick de vidare, stora folkskaror följde dem. Landskapet skiftade, marken blev mager och de kala bergen reste sig allt högre mot skyn. Trots att de ännu hade ett långt stycke väg kvar kunde de se staden, som stolt och självmedveten slagit sig ner på Sions klippa.

Maria avskydde den från första stund, hon fann den högfärdig och sluten med sina tjocka murar. Hon fick en underlig tanke: En värld utan sprickor kan aldrig finnas bakom murar.

Staden dominerades av det enorma templet som fångade solens strålar och återkastade dem i förgyllda reflexer över dalgångarna.

Många av följeslagarna kastade sig på knä vid synen: "Mäktig, mäktig är Israels Gud." Men Maria stod rak och tänkte att den guden var en annan än Jesu gud som tilltalades med det förtroliga Abba.

Hon såg på Mästaren, hans ögon var vidöppna och svetten rann från hans panna. Ångestsvett?

Jesus och hans lärjungar vek av mot Kidrondalen innan de nådde stadsmuren, gick uppåt den branta vägen över Olivberget och fortsatte till Betania, till Martas och Marias hus.

Maria Magdalena hade hört berättelsen om hur Jesus ropat den döde Lasaros tillbaka till livet. Nu fick hon möta honom, han hade sällsamma ögon med blicken riktad långt i fjärran. Hon ville tala med honom, fråga … Han var ju en människa som skulle kunna ge besked om döden.

Men han var skygg och tyst, undvek henne och alla de andra.

Marta som såg hennes undran sa:

– Det är som om min bror ännu inte kommit tillrätta i livet.

Maria Magdalena nickade, hon kunde förstå.

Hon tyckte om Marta, husmodern som sörjde för att maten till de många kom på bordet, att sovplatser blev iordningställda och att alla fick omvårdnad efter sina behov. Hon påminde i sin handfasta hantering om Euphrosyne. Systern Maria var mer svårfångad, bortom vardagen och svärmiskt upptagen av Jesus. Magdalena blev irriterad. Och det dröjde en stund inpå eftermiddagen innan hon kunde erkänna att hon var svartsjuk.

Maria från Betsaida var vacker, ljuv och blyg såsom den judiska seden föreskrev, allt sådant som Magdalena aldrig någonsin varit.

Men när Marta skickade dem tillsammans till byns brunn för att hämta vatten till kvällsmålet råkade Magdalena möta den unga Marias blick och såg med ens att hon visste och att hon var förtvivlad och rädd. De stod där och kände igen varandra.

– Varför förstår inte lärjungarna vad som skall ske?

– De vill inte, de förnekar.

Ångesten var så stark nu att Maria i Antiochia måste ta sig ur sina minnen.

Maria hade just satt sig vid sitt arbetsbord för att skriva ner sina minnen från Jeriko och sitt möte med Jerusalem när hon hörde porten slå upp och Leonidas ropa på henne. Han var tidigt hemma denna dag.

– Kom med, sa han. Vi går en promenad och ser Simon Petrus lägga grundstenarna till den första kyrkan.

Maria visste att den nya kristna församlingen fått mark intill stadsmuren, där den gamla synagogan legat. Den hade brunnit för många år sedan och under sommaren hade tomten röjts.

Nu var det alltså dags att lägga hörnstenen.

Hon drog slöjan över ansiktet och la den svarta manteln över axlarna.

Det var mycket folk på byggplatsen där Petrus läste den enkla bönen som Jesus lärt dem, välsignade platsen och bad Mästaren beskydda det nya kyrkobygget. Paulus stod helt nära Simon, också han försänkt i bön.

I utkanten av människoskaran fanns den judiske rabbinen. Leonidas drog Maria med sig och gick fram till Amasja.

– Jag tror att vi behöver tala med dig.

Hon blev glad, detta var vad hon ville. Och rabbi Amasja sa att han skulle komma till deras hus efter kvällsvarden.

De väntade på rabbinen i biblioteket, Maria tände de två stora oljelamporna och satte frukt och vin på bordet. Nu kände hon en stor tveksamhet, hon ville inte längre tala med någon om de senaste dagarnas händelser. När rabbinen slog sig ner i gäststolen var hennes motstånd så starkt att hon bet ihop och drog munnen till ett smalt streck.

Rabbi Amasja lät sig inte avskräckas, han var bekymrad.

– Det var oförsiktigt av dig att gå till den gnostiska gudstjänsten, sa han. Nu surrar ryktena, vem var den gåtfulla kvinnan, vad ville hon hos dem. De fantasifulla hävdar att hon var en mörkrets ängel, utsänd för att spionera. Men en och annan viskar om aposteln som överträffade alla andra, kvinnan som enligt gnostikerna "fick kunskapen om Alltet". I dag kom en man till mig, en av dem, och frågade rent ut om köpmannen Leonidas var gift med Maria Magdalena.

– Jag förstår att det var oförsiktigt, sa Maria, men hennes röst var knapp och mycket bestämd när hon fortsatte:

– Jag ångrar mig inte. Det var stort att höra dem och se deras gudstjänstordning. En kvinna predikade och sa att gnosis är att komma till insikt om den sanna källan, nämligen djupet i allt som är. Var och en som lärt känna denna källa har lärt känna sig själv. Jag kände igen det, orden var inte Jesu ord men meningen …

Rabbi Amasja skakade på huvudet:

– Jag talar inte om deras lära, det finns mycket som är gott i den. Vad jag försöker varna dig för är vad som händer om du träder fram. Du kommer att omges av svärmare och dyrkas som aposteln som har den enda sanningen. Det är en svår roll. Och den passar dig dåligt, Maria. Du som tar ständigt avstånd från auktoriteter kan ju inte själv bli en.

Det var så tyst i biblioteket nu att de kunde höra vinden gå genom de höga träden ute på gården.

Till slut sa Leonidas:

– Det är sant, rabbi. Maria skulle inte få en lugn stund om det blev känt vem hon är. Hon gör sin insats här i biblioteket. Och hennes skrifter kommer att finnas kvar när käbblet mellan de olika kristna sekterna är glömt för länge sen.

De hade rätt, tänkte Maria men var fylld av trots. Inte ens

Leonidas förstod att hon kunde känna det som om hon levde i ett tomrum.

Jag var ändå en utvald, tänkte hon.

Men hon teg.

Amasja och Leonidas fortsatte samtalet om gnostikerna. Rabbinen sa att mångfalden i den gnostiska tron var så stor att det inte fanns något tryggt och fastslaget att hålla sig till.

– Den enskildes inre väg till Gud har många fällor, fortsatte han. Så till exempel kan gnostikerna inte skilja mellan visioner och verklighet. Vem som helst kan få en uppenbarelse och sen införlivas den med läran. Efter eget tycke kan de lägga till eller dra ifrån. Petrus har rätt i att kristendomen på samma sätt som judendomen måste ha en fast tro med bestämda lärosatser så att folk över hela världen alltid kan gå tillbaka till en och samma sanning.

Maria satt tyst, mångfald skulle alltså vara av ondo, tänkte hon. Själv hade Jesus sagt till henne: "Skriv inga lagar ..."

Men det var ju bara i en vision.

De båda männen fortsatte att tala, Maria slutade att lyssna. Först när rabbi Amasja reste sig för att gå ställde hon en fråga:

– Varför ansluter du dig inte till kristendomen?

Han rodnade och hon förstod att hon kommit honom för nära. Men han var en hederlig man så han satte sig ner och sökte ett ärligt svar.

– Det är för att jag är så fast förankrad i den judiska tron. Som alla rättrogna judar väntar jag på Messias, konungen som skall komma i makt och härlighet och befria det judiska folket.

Han talade till Leonidas trots att Maria ställt frågan. Greken såg förvånad och besviken ut, rabbi Amasja slog ut med armarna, blev plötsligt mångordig:

– Du måste ju förstå att jag inte kan få den drömmen att sammanfalla med en barfotapredikant från Galileen som låter sig avrättas som en förbrytare.

196

Maria ville skrika att Jesus hade sandaler men teg och sa i stället:

– Hur skulle han komma? På moln från härskarornas judiske Gud för att förinta alla andra folk?

Rabbi Amasja satt tyst, grubblande. Till sist sa han:

– Han hade makt, denne Jesus, det framgår av era berättelser. Men vad använde han den till? Att bota några hundratal lidande människor från sjukdom och plågor. Några hundra av alla världens lidande miljoner. Vad tjänade det till? Minskade det lidandet, gjorde det någonting åt grundförutsättningarna? Är inte ondskan lika stor som någonsin? Och orättvisorna och lidandet? Att han talade fagra ord är inget nytt, Israel har haft gott om predikanter som gjort sig till tolk för i stor sett samma budskap.

De satt tysta en stund, sen utropade rabbinen:

– Varför var hans gärningar så små? Han hade ju makten. Inte borde han ha ägnat timmar åt några enstaka lidande människor.

– Men det var i detta hans storhet fanns. Kan du inte se att det var i detta möte, människa till människa, som det nya föddes. En ny vision, en ny väg. Jag har hört dig säga att det bara finns en väg att tjäna Gud och det är att se Honom hos varje tiggare.

Rabbi Amasja stönade, ville invända men Maria hejdade honom:

– Hör på mig, sa hon. Vad skulle Messias åstadkomma med sina mäktiga gärningar? Nya förutsättningar för somliga och nya lidanden åt andra. Och nya uppror, nya eländen, nya krig.

Hon böjde sig fram och fortsatte med tyngd på varje ord:

– Vad Jesus lärde oss var att se och älska och vårda oss om varje enskild människa. Det var det som var det nya.

Rabbi Amasja försökte återigen förklara men avbröts av Leonidas:

– Jag förstår dig inte. Det är ju som Maria säger. Vad skulle hända om er Messias kom och skapade ett nytt judiskt välde på jorden? Blodig slakt på dem ni kallar hedningar. Och efter ett tag skulle de besegrade folken resa sig för att ta hämnd.

– Jag talar om ett gudsrike, sa rabbi Amasja, men rösten hade förlorat sin klang.

– Och vad är det?

– Ett rike som inte är av denna världen.

– Vet du vem som sa de orden?

– Nej.

– Det gjorde Jesus.

– Det visste jag inte, sa rabbi Amasja.

När Maria gick till sängs den kvällen tänkte hon att hon äntligen förstått varför Petrus och de andra inte lyssnade när Jesus talade om sin förnedring och död. Bilden av den judiske Messias var oförenlig med det öde som Jesus med öppna ögon och i stor ångest gick rakt in mot.

Just när hon skulle somna hörde hon skränet från Golgata: "Andra har han hjälpt, sig själv kan han inte hjälpa."

Och så hånskratten.

Hon satte sig upp, slagen av en tanke. Var det kanske detta han ville med korsfästelsen? Visa hur den som har makt kan avstå från att använda den?

Ett annat ord dök upp: "Tag ditt kors och följ mig."

Nästa morgon var hon tillbaka i Betania utanför Jerusalem.

De fick en riklig kvällsvard i huset i Betania. Marta servera-
de och trugade, Jesus log mot henne där han låg vid bordet
med Maria Magdalena vid sin sida.

Lasaros deltog i måltiden, men hans blick var långt borta
och han åt knappast alls. Maria såg att det oroade Jesus.

Själv hade hon sin uppmärksamhet fäst vid Martas syster,
den unga Maria vars händer skakade så att hon var oförmö-
gen att röra vid maten. Hon stirrade ut över bordet utan att
se och hennes ögon var svarta och onaturligt stora. Plötsligt
reste hon sig, sprang bort till sitt rum i den inre delen av hu-
set och kom tillbaka med en flaska av dyrbart glas. När hon
öppnade den fylldes luften av doftande nardus, hon lade sig
på knä och började smörja Jesu fötter med den dyrbara olj-
an.

Till sist torkade hon dem med sitt hår.

De kunde höra hur folk samlades på gården, människor från
Jerusalem som ville se och höra Jesus. Men han skakade på
huvudet, han orkade inte. Sen han hade läst tacksägelsebö-
nen tog han Magdalena vid handen och gick ut i trädgården
på baksidan.

Där var blommorna döda, tistlar och törnen hade tagit
herraväldet och Maria tänkte att ingen i huset hade haft
kraft att rensa eller vattna sen Lasaros blev sjuk.

De satte sig på en bänk vid väggen. En pinande vind strök
efter huset, trängde genom kläder och hud. Hon hade hört
talas om den, ökenvinden som strömmade genom kroppen
och drev hoppet ur människornas själar.

Han höll ännu hennes hand i sin. Men hans hand var kall och greppet utan styrka.

– Vi skall ta farväl av varandra nu, sa han.

Hon ville skrika nej, ropa att hon tänkte följa honom hela den långa vägen mot döden. Men hon hade förlorat rösten. Han log, ett leende fyllt av ömhet och förtvivlan. Sen sa han att han inte ville ha henne och de andra kvinnorna i sitt följe dessa sista dagar.

– Det soldaterna gör med kvinnor är värre än döden, sa han.

Så berättade han om mannen med vattenkruset som ägde ett hus i Jerusalem. Han skulle ta hand om de kvinnliga lärjungarna, gömma och skydda dem.

– Jag kommer dit när det är möjligt för att hälsa på er.

Sen fortsatte han:

– Ni är inte trygga ens här i Betania. Den återuppståndne Lasaros är ett farligt vittne.

Maria förstod inte sammanhanget, men nu kunde hon viska:

– Nog kan vi följa dig på avstånd?

– Ja, blanda er med skarorna som kommer att omge mig. Men ge er inte tillkänna.

Hans blick försvann bland de taggiga snåren i den försummade trädgården. När den sökte sig tillbaka till hennes ansikte såg hon att han grät:

– Du vet att jag är med dig alla dagar.

Maria Magdalena trängde med en kraftansträngning bort minnet av den vanskötta trädgården och den hemska vinden och reste sig från sin stol i pergolan i Antiochia. Nu hade hon röst och den darrade av vrede:

– Med mig alla dagar! Sanningen är att du följer mig bara som en viskning i vinden, den som blåser vart den vill. Och som en aning i luften när det är som svårast. Men det räcker inte, det räcker inte.

Hon hade brinnande huvudvärk och beslöt att vila en stund.

När hon la sig på sängen, på rygg med huvudet nerpressat i kudden tänkte hon: Gud i himlen, varför får jag det inte att räcka?

Hon försökte sova men minnesbilderna kom tillbaka med full styrka så snart hon blundade.

Det var sol över Betania när de samlades till morgonbön nästa dag. Den svåra blåsten hade avtagit, Jesus bad för dem:

– Helige fader, bevara dem i ditt namn, de människor som du tog från världen och gav åt mig. Jag skyddade dem och ingen av dem gick under utom undergångens man.

De tillhör inte världen, liksom inte heller jag tillhör världen. Helga dem genom sanningen. Liksom du har sänt mig till världen har jag sänt dem.

När han fortsatte var det som om han vände sig direkt till kvinnorna:

– Ni kommer att sörja, men er sorg skall vändas i glädje. När en kvinna skall föda har hon det svårt. Men när hon fött sitt barn minns hon inte längre sina plågor i glädjen över att en människa fötts till världen. Nu har också ni det svårt. Men jag skall se er igen och då skall ni glädjas och ingen skall ta er glädje ifrån er.

Männen gjorde sig redo för vandringen till staden. Jesus red på en åsna och på långt avstånd kunde kvinnorna se folket som väntade honom. Tusentals människor rev löven av träden och strödde dem i hans väg, andra bredde ut sina mantlar. När kvinnorna kom närmare kunde de höra ropen från dem som gick före och dem som gick efter:

"Hosianna, välsignad är han som kommer i Herrens namn."

Högt över alla röster kunde de höra Simon Petrus stämma när han ropade:

– Välsignad vår fader Davids rike.

Maria Magdalena slog handen för munnen för att inte

202

skrika: Håll tyst. Också de andra kvinnorna blev rädda, detta var att utmana, detta skulle inte förlåtas.

När kvinnorna nått fram till olivlunden på Olivbergets sluttning tog de rast, slog sig ner i skuggan av de gamla träden och såg det jublande tusenmannatåget försvinna genom stadsporten på sin väg mot templet.

Maria berättade vad Jesus sagt henne om de faror som kunde hota kvinnorna och om nödvändigheten av att hålla sig på avstånd från honom och allt det som nu skulle ske.

Några såg lättade ut, de hade förstått riskerna. Men Maria, den Maria som var mor till Jakob och Josef, sjönk ihop och darrade i hela kroppen. Lydia satte sig bredvid henne men det fanns inga ord att trösta med.

Till slut gick de, långsamt och med tunga steg, vägen upp mot stadsmuren och genom porten. Ingen hindrade dem, de var bara några i strömmen av judiska kvinnor och män, som kom från hela världen för att offra ett lamm i den heliga staden.

Gränderna vimlade av människor. Och av soldater, Susanna sa tyst att den romerske prokonsuln hade fört en hel armé med sig till påskhögtiden i Jerusalem.

– Varför det, frågade Salome som skrämdes av allt folk och alla romare.

– De är rädda för upplopp, viskade Susanna.

Sen skedde allt såsom Jesus sagt, en man med en vattenkruka på axeln gav dem ett nästan osynligt tecken och började långsamt gå framför dem.

Hans hus låg nära muren, det var stort och välinrett, slutet av tunga portar mot gatan. Han visade dem uppför trappan till övervåningen där två rum gjorts i ordning. En äldre tjänare, hon hette Helena och var grekinna, tog emot dem med värme. Hon var pratglad till skillnad från husbonden som ännu inte öppnat mun. När han slutligen gjorde det var det för att förmana, de fick inte gå i flock som de gjort när de kom. När de lämnade huset måste de gå två och två och försvinna i folkvimlet så fort det blev möjligt.

De nickade, det stod klart att de befann sig i fientligt land.

Den eftermiddagen flög ryktet över stan att Jesus drivit ut penningväxlarna ur templet. Han hade vält bord, slagits med ett gissel och förbannat dem som gjorde Guds hus till Mammons.

Helena berättade med andan i halsen:

– Det kan ju ligga något i det, sa hon. Men utanför stod pilgrimerna i långa köer för att växla sina mynt. Och vad skall de ta sig till när de inte kan köpa sig ett offerlamm.

Kvinnorna vojade förtvivlat, några grät. Bara Maria Magdalena stod stum och stel och tänkte att nu fanns det inte längre någon återvändo.

Fram emot kvällen kom Helena med nya hemska rykten: Romarna hade slagit ner ett uppror i templet, fem ivrare hade gripits och förts inför Pontius Pilatus.

– Ivrare? Maria var förvånad.

– Ja, så kallar de ju sig, seloterna. Andra kallar dem dolkmännen för att de har långa dolkar dolda i mantlarna.

Maria tänkte på en av lärjungarna, Simon Ivraren. Han hade kommit till Jesus sedan Johannes Döparen dödats.

Nästa morgon gick de, två och två som mannen med vattenkrukan lärt, ut i gränderna mot templet. De la noga märke till vägen, ängsliga att inte hitta tillbaka: en fet grönsakshandlare i ett hörn, en klumpig stenpelare i ett annat. De hade inte heller några svårigheter att hitta Jesus, kring honom svartnade folkskarorna. Fram till honom kom de aldrig, människomuren öppnade sig inte för att släppa fram de senkomna.

Marias blick skymdes av tårar, hon hade velat se honom. Men sen hörde hon rösten, den unga klara rösten som nådde ut till alla. Någon ropade:

– Är det rätt att vi betalar skatt till kejsaren?
Maria blev orolig, detta var en farlig fråga.
Men Jesu röst var lugn, nästan full i skratt, när han svarade:
– Visa mig en denar. Vems bild och namn finns på den?
– Kejsarens, ropade folket och Jesus fortsatte:
– Ge då kejsaren det som tillhör kejsaren och Gud det som tillhör Gud.
Folket skrattade, Maria och Lydia log mot varandra.

Jag måste ha många fler minnen av dagarna i templet, tänkte Maria där hon satt i sin trädgård i Antiochia. Men det var som om svart sot hade lagt sig över hennes sinnen där i Jerusalem, hon kunde inte framkalla några klara minnen.
Jo ett.
En av dessa långa dagar råkade hon och Susanna komma rakt emot honom där han satt på en sten och undervisade. Det var tidig morgon men trots det hade folket samlats. Maria lyssnade inte, såg bara hans ansikte, såg att han var förtvivlad och trött och insåg äntligen att döden var det enda som kunde befria honom.
Han ritade i sanden.
Plötsligt trängde sig en skränande hop av upprörda män fram mot honom. Med sig hade de en kvinna som ertappats med äktenskapsbrott.
De ropade högt:
– Lagen föreskriver att sådana kvinnor skall stenas. Vad säger du?
Jesus fortsatte att rita i sanden. Efter en lång tystnad såg han upp:
– Den av er som är fri från synd skall kasta första stenen på henne.
De uppretade männen sänkte händerna och gick därifrån, en efter en, och folkmassan skingrades under tystnad. Bara äktenskapsbryterskan fanns kvar och Maria och Susanna som gömt sig bakom en pelare. De hörde Jesus fråga kvinnan:
– Vart tog de vägen? Var det ingen som dömde dig?

Hon viskade sitt svar:
– Nej, Herre.
– Inte heller jag dömer dig. Gå nu och synda inte mer.

När Jesus en stund senare reste sig för att lämna platsen mötte hans ögon Marias. När han gick förbi de båda kvinnorna sa han:
– Jag besöker er i natt.

För ett ögonblick kände hon hur glädjen nästan ville spränga henne. Ansiktet hettade, hjärtat slog, fötterna sprang ner för tempeltrapporna. De kom fram till huset, två och två som de fått lära sig. Också de andra kvinnorna lyste upp när de framförde budet.

Sen den långa väntan på natten, på mörkret. För första gången la de märke till att natten aldrig blev svart i den stora staden. Och aldrig tyst, folk drog under ivriga samtal längs gatan, romerska soldater marscherade och en lång stund fick de lyssna till ett gräl mellan två kvinnor.

Men i den mörkaste timman stod han där i den stora hallen. Kvinnorna grät, tyst och uppgivet, alla såg hur trött han var. De hade gjort i ordning ett bad till honom och ett eget rum med mjuka bolster.

Så låg de där. Hennes händer kände på hans kropp, varje muskel var spänd och plötsligt mindes hennes händer en konst hon lärt för länge sen. Mjukt masserade hon honom, ryggen, axlarna, armarna, benen.

De talade inte, det fanns inte längre något att tala om.

Så sov han, djupt och lugnt. Också hon måste ha somnat, men när hon väcktes av Nikodemos knackning var hennes kudde våt.

Sen rådsherren gått kunde de ana gryningen över bergen i öster. Jesus kysste henne och de visste båda att det var sista gången. Så försvann han, lika omärkligt som han kommit. Maria försökte sova ännu en stund men förmådde inte.

Vid frukosten som kvinnorna åt i sitt sovrum började de tala om männen, lärjungarna. Var fanns de? Susanna hade hört att de återvänt till Galileen, Salome att de flytt upp i bergen. Bara Johannes och Andreas som varit med honom i natt, fanns kvar.

– Hur kan de vara så fega, utropade Maria Magdalena. Men Maria, hon som var mor till Jakob och Josef, sa:

– Det sägs att det nu är farligt att ens ha känt honom.

Medan de talade kom grekinnan:

– En kvinna söker er, hon säger att hon hör till er. Min husbonde är inte hemma och jag vet inte hur jag skall göra.

De såg på varandra:

En kvinna, vem? Vem kände till huset, vad ville hon dem? Rädslan gjorde luften tung att andas. Till slut reste sig Maria Magdalena och sa:

– Jag går för att se efter vem det är.

Och där stod hon, Jesu moder.

– Det skall fullbordas, är det så?

– Ja.

Deras ögon möttes i svart förtvivlan.

Som det oftast är med kvinnor gav de dagliga omsorgerna lättnad i oron. Maria från Nasaret hade gått långt i natt, hon måste få tvätta sig, få mat, få sova. Hon fann sig snart, sa bara att jag hade så mycket att fråga er om.

Men de svarade den ena efter den andra:

– Vi har inga svar.

På eftermiddagen gick Jesu mor och Maria Magdalena till templet. Folkmassan kring Jesus var så stor att de bara kunde få en skymt av honom, långt borta. I vimlet blandades rådsherrar från Sanhedrin, tempelvakter och romerska soldater.

Tidigt nästa morgon knackade det återigen på porten. Nu var mannen med vattenkrukan hemma och gick själv för att öppna. Där stod Johannes, den yngsta av lärjungarna.

Hans blick sökte Magdalenas när han sa:

– De grep honom i gryningen.

Det var som om hon inte hade hört, hon stod där och grubblade på Johannes, tänkte att hon aldrig känt sympati för honom, att han hade kallats Jesu älsklingslärjunge och att han var skön att se på. Och hade ett behagligt sätt.

I nästa stund avbröts hennes tankar av kvinnornas gråt. Långsamt tog hon till sig vad Johannes bud innebar. Hon hade svårt att hålla riktningen när hon gick fram till Maria från Nasaret och kastade sig i hennes famn. De stod där och höll om varandra, ingen av dem kunde gråta.

Det var Maria från Nasaret som till slut bröt tystnaden:

– Var är han?

– En hövitsman från tempelvakten var med när de romerska soldaterna grep honom. Tempelvakten bad att fången först skulle föras till Stora rådet. Så de tog honom dit och Kajafas förhörde honom. Vad som sas därinne får ingen veta. Sen leddes han i bojor till Pontius Pilatus.

– Vad kommer att ske med honom?

Johannes skakade på huvudet, han vågade inte ana. Tystnaden blev lång och tung.

Till slut sa Maria Magdalena:

– De kommer att korsfästa honom.

De närmaste timmarna sysselsatte Maria Magdalena sig med oväsentligheter. Varför bar Jesu moder en himmelsblå mantel? Och Johannes, unga pojken, varför hade han så svårt att sätta fötterna rätt? Måste han snubbla?

Hon hade valt sina mest uttrampade skor.

Just när de skulle lämna huset kände hon att hon var hungrig och bad grekinnan om ett stycke bröd som hon bröt i bitar och tuggade när de gick, två och två nerför gränderna mot muren, genom porten och ut på huvudskalleplatsen.

Solen hade tagit sig över Sions berg.

Det blir en varm dag.

Det gör inget, jag fryser.

Maria från Nasaret vacklade framför henne, Magdalena gick i fatt henne och räckte henne sin hand. Men den var underligt kraftlös och Magdalena sa med hård röst till Johannes att han skulle stötta Jesu moder.

Han lydde men fortsatte att snubbla.

När hon såg avrättningsplatsen upphörde även de meningslösa tankarna. Och känslorna, hon var tömd, ryckt ur tiden.

Ändå fanns det ögonblick av förnuft. En äldre man kom fram till dem, sa att han var Josef från Arimataia och en vän.

Sen såg han en lång stund på dem och sa med dämpad röst att det var farligt att stå vid korset, att romarna hade för vana att korsfästa även dem som sörjde en avrättad.

Maria Magdalena skrattade honom rakt i ansiktet. Men tog sig samman och sa:

– Förstår du då inte att jag gärna vill dö tillsammans med honom.

Han strök henne över kinden.

Sen sa han att han hade en trädgård i närheten med en klippgrav som redan stod färdig. Han skulle begära av romarna att få föra den döda kroppen dit. Och Magdalena höll fast vid sitt förnuft och tänkte att han säkert skulle få som han ville, han var en rik man med stor auktoritet.

Men efter en stund var hon tillbaka i tomheten, hettan vibrerade på det nakna berget, Magdalena frös och la för första gången märke till att hela hennes kropp skakade. Men det bekom henne inte och hon tänkte utan förvåning att hon inte längre fanns i kroppen.

Sen hördes ropen från en skränande folkhop och han stod där med sitt kors, piskad, torterad med en törnekrona tryckt över pannan. Blodet rann i strömmar över ansiktet och sönderslitet kött lossnade i bitar från ryggen. Ögonen var blåslagna, kunde han se?

Nu kastades Maria Magdalena ut ur tomheten, smärtan gick som knivar igenom henne, hon skrek, skrek som en galning.

Josef från Arimataia la handen över hennes mun.

Han höll kvar den medan soldaterna drev spikarna genom Jesu händer, hon blundade och bad om förlåtelse för det. När hon öppnade ögonen såg hon för ett ögonblick hur de andra kvinnorna höll händerna för öronen vid det hemska krasande ljudet.

Själv blundade hon igen när korset restes men det hjälpte henne inte, knivarna skar genom henne, runt, runt i hennes mage. Men värst var det i hjärtat, kniven som satt där var glödande som eld.

I nästa stund var den välsignade tomheten tillbaka, hon var inte hon och hon fanns inte på denna plats.

Hånet skallade runt: "Många har han hjälpt, sig själv kan han inte hjälpa." Folkskarorna som hyllat honom sög vällustigt i sig hans plågor och njöt. Ett minne flög sekundsnabbt genom hennes huvud: "Maria, aldrig hade jag anat att människorna var så onda."

Hon kastade en blick på Jesu moder, såg att Johannes lagt sin arm kring henne. Så restes de andra korsen, två män till skulle avrättas. Hon såg upp på den ene, han var inte så illa torterad som Jesus och han mötte trotsigt hennes blick. Hon kände igen honom, hon kände honom.

Men när, var hade hon mött honom?

Han talade till Jesus, Jesus svarade, men ingen på marken kunde höra vad de sa.

Timmarna kröp, tiden var utan slut. I sjätte timman mörknade himlen, den hemska vinden från öknarna drev in över staden, ner i människornas lungor, pinade dem. Hon hoppades att ökendammet skulle fylla hans kropp och förkorta lidandet.

Men först i nionde timman gav han upp andan.

I den stunden föll ett stort lugn över henne, knivarna försvann ur kroppen och med dem alla outhärdliga känslor.

Det var då hon blev galen.

Som en docka följde hon och Salome Josefs tjänare när de bar den döda kroppen till klippgraven i trädgården. Josef från Arimataia drog själv den tunna svepningen kring den döde. Soldaterna övervakade dem, såg till att den stora stenen rullades över ingången. Maria såg sig omkring, det var en vacker trädgård fylld av ro. När de gick därifrån la hon noga märke till vägen och viskade till Salome:

– Vi går hit i gryningen och smörjer honom.

– Men stenen?

Och Maria svarade med sin nya kalla röst:

– Något måste ju Gud hjälpa oss med.

211

Vattenbärarens hus var sig förunderligt likt. Kvinnorna gick tysta upp i sitt rum och där äntligen kunde de gråta. Alla utom Magdalena som bredde ut sin sovmatta på golvet och somnade.

Den tysta gråten från kvinnorna runt henne fördjupade sömnen som var nattsvart och utan bilder.

Och det blev sabbatsmorgon, de redde sin påskmåltid men ingen av dem åt mer än smulor av den goda maten. De gick tidigt till sängs och nu kunde alla sova. Maria Magdalena så tungt som om hon varit medvetslös.

Tills hon väcktes av vattenbäraren som stod i dörröppningen och sa:

– Det är jordbävning. Jag har ett skyddat rum under golvet i bottenvåningen, ni får ta era sovmattor och gå dit.

I samma stund kände de hur huset skakade och golvet rörde sig under dem. Några av dem skrek av rädsla, andra började samla ihop sina saker och springa mot trappan. Bara Magdalena var oberörd, rent av förnöjd. Det är bra, Jesus, skaka om hela världen så den äntligen förstår vad den har gjort.

Men vattenbäraren skyndade på henne och sist av alla gick hon långsamt trappan ner till det trånga rummet under huset. Där fanns husets tjänare och grekinnan hade fått med sig bröd, ost, oliver och vatten.

Maria Magdalena var den enda som förmådde äta. Sen la hon sig på sin matta och somnade med ens. Detsamma gjorde Jesu moder och Maria som var hustru till Klopas, Salome

212

– de som uthärdat vid korsets fot tillsammans med Magdalena.

I gryningen väcktes hon av Salome som köpt kryddor och olja. De sparade inte på de väldoftande kryddorna när de gjorde i ordning olivoljan som skulle smörja hans kropp.

Och innan ljuset kom var de på väg. Jordbävningen hade upphört men det var svårt att ta sig fram i gränderna där hus och murar rasat och förtvivlade människor letade i ruinerna efter saknade anhöriga. Ingen la märke till de två kvinnorna som klättrade över raserade butiker med den rymliga korgen mellan sig.

Staden stank från sönderslagna avträden och ruttnande matrester.

Så plötsligt var de utanför muren. Här var förstörelsen mindre, men det var gott om kullvräkta pelare och stora stenar.

Salome flämtade till, sa:

– Minns du att du sa i går kväll att Gud skulle hjälpa oss med stenen. Du skall få se.

Och det var som hon sa. När de nådde trädgården såg de genast att den stora stenen rullat bort från ingången och ner i sluttningen. Men det bästa av allt var att jordbävningen hade skrämt bort de romerska soldaterna som satts att vakta graven. De två kvinnorna var ensamma i trädgården där de första solstrålarna sökte sig genom trädens lövkronor och de första fåglarna började sjunga. Maria Magdalena drog ett djupt andetag, såg och lyssnade.

Hon var kanske trots allt på väg tillbaka till sig själv, tänkte hon.

Så smög de in i klippgraven. Några tunna solstrålar sökte sig in genom den öppna dörren, men mörkret var ändå så svart att de måste stå stilla en stund för att vänja ögonen.

Sen kom det att dröja innan de fattade vad de såg.

Klipphyllan där de lagt kroppen var tom, endast den vackra svepningen låg kvar.

– Det är inte möjligt, viskade Salome, inte möjligt, inte möjligt.

Maria Magdalena kunde inte ens viska, men den stora tunga sorgen hann äntligen upp henne.

Hon grät. Gråten steg upp från magen och kvällde ut genom halsen med sådan kraft att hon fick svårt att andas. Sen tog snyftningarna över, de var högljudda och omänskliga.

Mer lika skrik än gråt.

– Försök vara tyst, sa Salome. Ingen får finna oss här.

Långsamt lyckades Maria hejda sig, till slut var det bara tårarna som forsade ur hennes ögon, omöjliga att hejda som regnet under vintermånaden.

– Vad gör vi?

– Här finns ingenting att göra.

– Vi måste gå tillbaka och berätta.

– Ja.

– Tyst, det står en man utanför.

Men Maria blev inte rädd, inte ens om hela den romerska kohorten stod på vakt utanför graven skulle hon tveka.

Hon böjde sig och gick genom gravöppningen.

Där stod en man. Hon såg honom i motljus och var dessutom bländad av solen som nästan gjorde ont i ögonen efter mörkret inne i graven. Det är en av Josefs trädgårdsarbetare, tänkte hon.

I nästa stund sa han:

– Varför gråter du?

Maria försökte svälja gråten:

– Om det är du som har burit bort min herre så säg mig var du lagt honom så att jag kan hämta honom.

Mannen sa:

– Maria.

I det ögonblicket kände hon rösten, den ljusa rösten som hon älskat. Vissheten skar genom henne, förvandlade henne,

214

hon kände hur klarheten och styrkan återupprättade kroppen, förnuftet och sinnena.

Det blåste upp, morgonvinden drog upp damm och löv från trädgården som skadats av jordbävningen. Hans bild blev suddig.

Men rösten var klar och full av humor när han sa:

– Gå, Maria, skynda och säg mina lärjungar att gå till Galileen. Där skall ni få se den uppståndne.

De sprang båda, men måste hejda sig vid stadsmuren för att hämta andan. Då sa Salome:

– Men var skall vi finna dem? De har ju varit försvunna under hela denna svåra tid.

Maria Magdalena log:

– Jesus visste. Vi går till vattenbärarens hus.

Hon hade rätt, i den stora salen högst upp i huset, satt de allesamman, förstenade av sorg och maktlöshet. Naturligtvis ville de inte tro henne, men Petrus reste sig till sist och gick mot den tomma graven.

I sitt hus i Antiochia satt Maria Magdalena och formade sina minnen i skrivna ord på pergament.

Hon hade hållit på i två dagar och Leonidas var orolig för hennes trötthet, hennes magplågor och blekhet. Sent på eftermiddagen kom Petrus och Paulus på besök, de skulle ta avsked före den långa resan till församlingarna i Thessalonike.

Det var en lättnad.

– Jag skriver ett brev och berättar allt jag kan minnas från uppståndelsen, sa Maria.

Paulus såg nöjd ut, Simon Petrus tog henne i sin björnfamn och tackade henne. De sa alla med en mun att de snart skulle ses igen.

Leonidas följde dem till porten. När han kom tillbaka såg han att hon återfått färgen i ansiktet och rätat på kroppen.

Så berättade han att han just lastade ett skepp som skulle gå till Korinth.

– Du ville ju resa dit, sa han.

Maria log mot honom och hennes JA var stort och soligt.

Redan i slutet av veckan skulle det bära iväg, fick hon veta. Hon hade kort tid på sig för brevet till Paulus. Det gjorde inget, insåg Maria, hon skulle skriva kort och sakligt redogöra för det hon sett och upplevt.

– Du vet att det sägs att du såg en ängel i klippgraven, sa Leonidas.

– Nej, det visste jag inte. Jag skall skriva att det inte är sant. Mina känslor, att jag klövs itu på Golgata skall jag också bespara honom. Och min galenskap när jag sökte honom i Galileen.

– Det är bra, inget personligt.

– Nej, jag lovar.

Brevet blev inte kort, hon var noga med varje detalj. Och saklig.

Hon gjorde ett P.S.

"Du vet att jag mötte honom ännu en gång, i en vision. Vad han sa den dagen har du redan hört till leda: "Gör inga lagar …"

Fredag morgon la skeppet ut från Seleukia, seglen fylldes av vinden och Maria av en ny glädje.

DEL IV

De hade god ostlig vind och det tungt lastade skeppet rörde sig lätt som i dans över haven, vinden sjöng i seglet och vågorna slog mot skrovet. Men när de kom in under Peloponnesos berg och la om kursen norrut blev det nästan högtidligt stilla. För ett ögonblick.

Sen smattrade den väldiga segelduken när männen vid styrårorna la all sin kraft i vändningen. Andra skotade och långsamt fylldes seglet av den lätta styrbordsbrisen.

Leonidas såg ut över vattnen och sa till Maria:
– Egeiska havet får mig alltid att tänka på dina ögon.
– Ånej, så blå är inga ögon.
Hon hade vilat mycket under resan, tänkt lite, sovit länge på mornarna.

Men en dag väckte han henne tidigt:
– Hör du sömntuta, nu får du stiga upp och beskåda kajerna i Kenchreai.

Hon kom fort i kläderna och där innanför piren i den långa bukten låg hamnstaden med sina långa magasin, och där i vimlet på kajen väntade Euphrosyne. Snart skulle de mötas och först nu, när skeppet gled in i lä vid piren, kunde Maria känna hur mycket hon längtat efter sin styvmor.

Sen fick de syn på henne. Hon stod med häst och vagn mitt i larmet på kajen. På kuskbocken satt Setonius och Maria fick blinka bort tårarna.

Det var varmt men inte hett, havsvinden svalkade.

Euphrosyne kom ombord, de stod som de brukade, höll varandras händer och lät blickarna allvarligt söka sig in i ansiktena.

Till slut sa Euphrosyne:

– Du är förändrad.

– Jag har mycket att berätta. Men du är dig lik, du åldras inte.

– Nej. När jag tyckte att jag åldrats färdigt, satte jag stopp för det.

I nästa stund dök Leonidas upp. Han var den enda människa som inte hade någon respekt för Euphrosynes distans, han tog henne i famnen och kramade henne så hårt att det gjorde ont både i bröstkorgen och i själen.

– Mina barn, sa hon. Och i nästa stund:

– Låt oss inte bli sentimentala.

– Nej, sa Leonidas. Jag har inte tid, jag har mycket att bestyra.

Han sökte upp hamnkontoret och mutade sig på sedvanligt sätt igenom med sina tullhandlingar. Inom en timma började lossningen av det siden som skulle till Korinth, en tredjedel av lasten. Resten var destinerat till Ostia och redan i morgon skulle skeppet lägga ut.

– Men du hinner ändå äta middag i mitt hus?

– Ja, naturligtvis. Och jag blir inte borta länge. Om några veckor är jag tillbaka för att hämta Maria.

När han såg skuggan över Marias ansikte la han till:

– Om du inte vill stanna längre förstås.

Hon skakade förvirrad på huvudet.

På kajen kastade sig Maria utan betänkande i famnen på Setonius. Han hade åldrats, såg ut som en gammal vis man. Det var rätt, det var just det han var, tänkte Maria.

De for genom den nya staden, förbi avtagsvägarna där de väldiga tempelruinerna från det gamla Korinth skymtade, stan som romarna bränt och plundrat.

Sen låg det där, just som det skulle, Euphrosynes vackra hus som klättrade i sluttningen där de höga bergen mjuknade mot Korinthiska viken. De drack välkomstvinet på terrassen, såg över havet och hörde vågorna slå mot den murade kajen.

Efter måltiden måste Leonidas bryta upp. Euphrosyne fick en ny björnkram, men Maria höll han mjukt och länge i sina armar. Hans blick mötte inte hennes, de tunga ögonlocken var sänkta.

– Den mannen tjänar inte sina pengar lätt, sa Euphrosyne när de vinkat av vagnen och var på väg tillbaka till huset.

– Han verkar sliten och trött, sa hon.

Maria kände hur oron sköljde som en våg igenom henne. Och självförebråelserna. Hade hon alls sett Leonidas de sista månaderna?

De hade pratat mycket, men bara om henne och hennes problem.

Euphrosyne fortsatte:

– Han har mycket bekymmer också med den här svärsonen som svirar runt och förskingrar företagets pengar. Vet du hur det går med skilsmässan?

Maria skakade på huvudet, hon hade glömt Nikomakos och inte lyssnat särskilt noga när Livia och Leonidas talade om svårigheterna att få skilsmässa från en försvunnen äkta man. Hon hade inte ens sökt upp Mera och barnet. Hur mådde de?

Maria satt tyst men Euphrosyne fortsatte utan barmhärtighet:

– Leonidas börjar bli en gammal man, en bra bit över sextio.

– Jag tänker aldrig på det.

Maria skämdes.

– Du minns att jag en gång sa dig att jag saknar inkännande, sa hon till sist.

– Du har förändrats, det där är inte sant längre.

223

Maria kunde inte hejda gråten:

– Jag lärde mig mycket av dig. Det var dina omsorger om alla och ditt ansvar. Och sen, när jag gick till Kafarnaum och du aldrig sa ett förebrående ord.

– Här får du en näsduk, sa Euphrosyne.

Maria snöt sig, samlade sig:

– Inte för att jag vill försvara mig men det har varit en påfrestande tid. Om du orkar skulle jag vilja att du läste anteckningarna från mina samtal med Simon Petrus och Paulus.

– Paulus, sa Euphrosyne och Maria kunde höra att hon var förvånad.

Hon gick för att packa upp i rummet som var hennes, ett vackert rum, högt i tak, en lång balkong, vitt, vitt. Klarblå täcken på sängen och utsikt över viken, som var stor som ett hav. Hon tog kofferten med papyrusrullarna och bar ner den till Euphrosyne som lagt sig för att vila på terrassen där den behagliga skuggan rådde.

– Jag läser, sa hon. Gå du och packa upp och vila lite.

Maria försökte vila men samvetet pinade henne. Nog hade hon vetat att Leonidas haft svårigheter. Och sorger. Han hade tagit sig samman och lämnat den självupptagna pojke som varit hans älskare i flera år. En kväll hade han nämnt det. I förbigående. Och Maria hade känt lättnad. Den vackre pojken hade förnedrat Leonidas.

Inte ett ögonblick hade hon tänkt på hur svårt det steget måste ha varit.

Och aldrig på att Leonidas var tjugo år äldre än hon.

Kanske såg hon honom fortfarande som en far som skulle ge henne tröst och trygghet. Hon rodnade av skam när hon tänkte på vad hon sagt till Paulus om hur viktigt det var att göra sig fri från sina föräldrar. För att själv bli vuxen.

Sen tänkte hon att om Leonidas verkligen varit hennes far hade hon haft större omsorg om honom.

224

Hon hade inte ro att vila, hon reste sig och gick ut på balkongen. Där nere i trädgården såg hon Setonius och hans trädgårdsdrängar och beslöt sig för att bese hans odlingar.

Redan vid sina tidigare besök hade hon tänkt att trädgården liknade den gamla vid Gennesarets strand. Här fanns återigen den fina kontrasten mellan slutna rum och vida utsikter.

– Setonius, du är en konstnär, sa hon.

Han lyste upp och han var stolt och vältalig när han visade henne runt. De talade om rosor, Maria klagade på sina som hade det svårt i hettan i Antiochia.

– Och blåsten, sa Setonius. Det är en blåsig tomt ni har. Hur går det för irisen. Och gardenian du fick?

– Irisen överlever med knapp nöd. Men gardenian är död sedan länge.

Han suckade:

– Det är svårt att kämpa mot vinden.

Sen såg han tvekande på henne:

– Har du hört om Octavianus?

– Ja, Euphrosyne skrev.

– Han dog. Var bara sjuk några dagar … och vi tog det väl inte på allvar. Du vet att han ofta överdrev.

Maria log och mindes när Octavianus med de hemskaste hot försökte få henne att äta.

– Han var en dramatisk begåvning, sa hon.

– Ja, en skådespelare. Kom skall jag visa dig hans grav.

Octavianus hade begravts vid muren mot havet, graven grönskade av blommande kryddväxter och frodiga grönsaker. En stor pumpa kastade sig över huvudgärden.

– Jag tänkte att han skulle trivas så här, sa Setonius.

Maria nickade men hennes ögon fastnade på korset som reste sig mot muren. Setonius följde hennes blick:

– Jodå, sa han. Octavianus blev kristen, brinnande i tron.

När de lämnade graven för att bese grönsaksodlingarna vågade Maria fråga:

225

– Men du håller dig till dina gamla gudar?

– Ja, de får räcka för mig. De står närmare naturen. Och de lever än i dag och strövar här på jorden. Om man är ödmjuk och uppmärksam kan det hända att de stannar en stund och lyssnar på en.

Maria nickade, hon förstod. Sen tänkte hon att om någon ägde närvaro och kärlek så var det Setonius.

– Jesus skulle också ha stannat och lyssnat på dig.

– Mig, en envis hedning!

Setonius skrattade innan han fortsatte:

– Här bland de kristna i Korinth är en sån som jag dömd till det brinnande helvetet. Vad det nu är.

– Lögnaktigt snack, sa Maria kort.

När hon gick tillbaka till huset tänkte hon att hennes självpåtagna uppgift att ge andra tolkningar av det Jesus lärt var meningslös, ett enstaka rop i mörkret. Och när hon nådde terrassen och såg att Euphrosyne läst alla hennes anteckningar, fick hon bekräftelse.

– Du har varit ambitiös, Maria. Men mänskligheten har genom tidernas lopp haft många stora nytänkare. Och bara till en liten del har folk förstått vad de sa. Det mesta har missförståtts och anpassats till rådande fördomar.

Maria nickade, Euphrosyne log med neddragna mungipor:

– Här i stan är Paulus en stor man och har mycket att bjuda på. Vi kan äta Kristi kött och blod varenda söndag och finna tröst för allt elände i högtidliga riter och obegripliga andaktsövningar. Priset är rimligt anser de flesta: bara underkastelse och förlust av det egna tänkandet. Gör som den nya kyrkan säger och allt går dig väl i händer.

Maria satt länge tyst.

– Så du menar att allt det här var förgäves, sa hon till slut och pekade mot skriftrullarna.

– Nej, jag tror det är viktigt, mycket viktigt rent av. Jag föreslår att vi låter kopiera det och att jag förvarar kopiorna i mitt valv i källaren.

– Jag trodde att du blivit kristen, sa Maria.

– Det trodde jag med. Ett bra tag. Jag var till och med medlem av Paulus församling. Men priset var för högt för mig, jag tänkte för mycket och ställde för många frågor … Kort sagt, jag och andra kvinnor här blev pålar i den store apostelns kött. För att uttrycka det på judiskt sätt, sa hon och skrattade.

Sen såg hon förvånad ut:

– Kanske är jag en kristen, i hjärtat. Jag har tänkt på det i dag när jag läst vad du skrivit. Det var hans liknelser såsom du hört dem som gjorde intryck.

Maria blev så glad att hon nästan fick tårar i ögonen.

– Det var väldigt vad du har blivit gråtmild, sa Euphrosyne men rösten var full av ömhet.

När de låg till bords vid middagen berättade Euphrosyne historien om den unge mannen som blev förälskad i sin lika unga styvmor, en flicka som brutalt gifts bort med en rik och rättrogen gammal jude.

– Hon våldtogs på sedvanligt äktenskapligt vis, natt efter natt, hon magrade och jämrade sig och en dag sa hon till sin styvson att hon tänkte gå i sjön. Han försökte trösta henne och medan han höll på med det drabbades de båda av kärleken.

Historien var snart ute på stan, växte sig stor och yvig i var mans mun. Den gamle faderns dom var utan förbarmande: Hon skulle stenas. Nu var familjen kristnad och det egendomliga inträffade att flera medlemmar i församlingen talade om barmhärtighet. Den gamle var illa omtyckt och det bidrog väl. Kanske fanns där ett stråk också av Jesu mildhet i deras sinnen, jag vet inte. För övrigt är församlingen ständigt i bråk, apostlar grälar som rabbiner.

Hon suckade innan hon återgick till sin historia:

– Efter ett tag var församlingen kluven i två läger som slog varandra i huvudet med citat ur skrifterna. Till slut enades man: frågan om det unga paret skulle hänskjutas till Paulus. Efter ändlösa diskussioner kring varje formulering kunde ett bud sändas iväg med brevet till Makedonien där aposteln vistades.

Euphrosyne suckade, drack en klunk av vinet och fortsatte:

– Svaret kom rappt och var entydigt. Jag skall läsa upp det för dig.

Hon försvann från matsalen mot biblioteket och kom tillbaka med sin avskrift av Paulus brev.

– Hör här: "Man säger att det förekommer otukt bland er ... Men ni är sturska, fast ni borde ha ... stött ut dem som gjort sig skyldiga till detta. Själv har jag ... fällt domen över den skyldige, i vår herre Jesu Kristi namn, ... en sådan person skall överlämnas åt Satan så att hans kropp går under ..."

Euphrosyne slog handflatan i bordet innan hon fortsatte:

– Samma natt gick de båda unga i sjön. Och nästa dag lämnade jag församlingen.

I skenet från oljelampan såg Maria att hennes styvmor såg sliten ut.

– Vi måste sova, sa hon.

– Ja, det har varit en lång dag.

– Har du fler kopior av Paulus brev? Får jag läsa dem?

– Naturligtvis. Läs dem innan du somnar. Kanske får du en annan bild av Paulus än den gode lyssnaren i Antiochia.

Innan de skildes åt för natten sa Euphrosyne:

– Har du tänkt på varför varken Petrus eller Paulus frågade om i vilket förhållande du stod till Jesus?

– Jag undvek som du märker att säga något. Simon Petrus visste ju. Och Paulus rörde aldrig vid ämnet.

– Men varför?

Maria skrattade:

– Men det är ju självklart, Euphrosyne. Deras Gud fick inte behöva en kvinna.

Maria tillbringade natten med breven. Hon blev inte så upprörd som Euphrosyne, vare sig över de många reglerna för de rättfärdiga eller över de hårda domarna över de orättfärdiga. Detta var välbekant från barndomens synagoga.

Liksom kvinnoföraktet.

Kvinnan, djävulens port.

Leonidas brukade säga att det var rädslan för kärleken mellan kvinnor och män som speglades i buden. Det var en vänlig tolkning, ansåg Maria och återgick till breven.

Det var trots allt bättre att gifta sig än att brinna, läste hon. Kvinnor som uppträdde barhuvade kunde lika gärna raka av sig håret. Mannen däremot behövde inte ha någon huvudbonad eftersom han var en avbild av Gud.

Det var en skam för kvinnan att tala i församlingen. Ville hon veta något måste hon fråga sin man när de väl var hemma.

Maria tänkte bittert på Magdala där hennes bröder fick gå i skola och hon inte ens fick fråga vad de lärde.

Sen drog hon på mun och föreställde sig Euphrosyne med alla de frågor hon måste ha utsatt Paulus för.

En stund senare fann hon en underlig passus. Han skrev att han haft det svårt, fått prygel, lidit skeppsbrott, svultit och törstat. I gengäld hade han fått väldiga uppenbarelser, men för att inte förhäva sig över sådant hade han en tagg i sitt kött, en Satans ängel som förebygger högfärd.

Hon blundade och tänkte på den plågade gestalten som krum och snubblande tog sig nerför backen vid hennes hus. Vad var det för sjukdom han led av?

Men det som intresserade henne mest var den teologi han byggde kring Jesus. Genom en enda människa kom synden in i världen, och genom synden döden och så nådde döden alla människor därför att de alla syndade. Liksom en enda människas olydnad gjorde alla till syndare, så skall en endas lydnad göra alla rättfärdiga. Syndens lön är döden, men Guds gåva är evigt liv i Kristus Jesus.

Så storslaget, tänkte hon utan ironi. Men hon fick inte Paulus vision att gå samman med bilderna av den unge mannen som hon älskat.

Till slut läste hon om kärleken: "Kärleken är tålmodig och god … Allt bär den, allt tror den, … allt uthärdar den."

Och slutorden lärde hon sig utantill: "Ännu ser vi i en gåtfull spegelbild; då skall vi se ansikte mot ansikte. Ännu är min kunskap begränsad; då skall den bli fullständig som Guds kunskap om mig. Men nu består tro, hopp och kärlek, dessa tre, och störst av dem är kärleken."

Innan hon somnade bad hon för Leonidas.

Hela nästa förmiddag pratade de.

De hade mycket att ta igen.

Maria berättade om Terentius och hans hustru Kipa som fått tungan avskuren som barn.

– Det är en hemlighetsfull flicka och jag tyckte att det var svårt att inte kunna tala med henne. Men en dag när hon städade mitt arbetsrum såg jag att hon smygläste mina anteckningar. Kipa blev rädd, men jag blev glad.

– Du kan läsa?

Nick.

– Men Kipa, då kan vi tala med varandra. Du skriver och jag svarar med tal.

– Det uppstod en egendomlig vänskap mellan oss. Varje förmiddag kom Kipa med ett antal skrivna frågor och jag tog dem en i taget och svarade utförligt. Det kunde röra sig om praktiska ting eller om Gud och vad han kunde ha haft för avsikt med hennes tunga. Men också jag frågade och fick veta mer om den gnostiska tron.

– Det var bra för mig, sa Maria till Euphrosyne. Jag tvingades tänka på ett nytt sätt. Hon är så oskuldsfull.

– Jag förstår.

– Hon har humor också, är det inte underligt? Skrattet lurar alltid bakom den slutna munnen. Det är som om hon levde i en hemlig vrå av tillvaron, iakttar och njuter av komedin som vi spelar.

Euphrosyne skrattade och sa att hon inte tyckte det var konstigt.

Själv berättade hon om den nye kocken, som var Octavianus raka motsats, tystlåten och allvarlig. Hans rätter kryddades inte med ord om hur gudomligt goda de var, snarare tvärtom. "Jag beklagar men det blev för salt." Vilket inte var sant, han lagade utmärkt mat som Maria säkert redan förstått.

Enda gången han fick loss orden var när han grälade med sin fru, berättade Euphrosyne. Det hände regelbundet någon gång i veckan och de vassa orden och skrällarna från grytor och fat ekade genom huset.

– Efteråt var han gladare och mer talför, sa Euphrosyne och skrattade när hon la till:

– Det går åt en del lerfat som du förstår.

Redan vid frukosten hade Maria fått höra att hennes styvmor förberett en överraskning. Och när de satt med sitt prat på terrassen hörde de en vagn på väg upp mot huset.

– Maria, gå upp på ditt rum och borsta ut ditt hår. Sätt på dig din blå livklädnad och kom ner om en stund. Vi får besök.

Maria lydde.

När hon sprang nerför trappan hörde hon två kvinnoröster

flätas ihop i förtroligt samtal. Den ena var Euphrosynes och den andra ...? Hon kände igen den, sträv, glad. Men vem, varifrån mindes hon? Plötsligt hade hon hjärtklappning.

Hon stannade, blev stående en stund och smög sen mot den breda dörren till terrassen. Där i husets bekvämaste stol satt en gammal dam, lite hopsjunken men finklädd och värdig.

– Susanna, skrek Maria så högt att fåglarna lyfte ur träden. I nästa stund låg hon på knä hos den gamla med ansiktet begravt i hennes famn.

– Susanna, ropade hon, gång på gång. Kan det vara sant, Susanna, är det du?

Den gamla strök försiktigt över det blonda håret.

– Barn lilla, sa hon, barn lilla.

Maria grät så att ögonen sprutade och Euphrosyne sa:

– Vi måste ta det lugnt.

Det hjälpte inte, Maria fortsatte att ropa: Susanna, Susanna.

Euphrosyne skärpte rösten:

– Maria, Susanna är en gammal människa. Hon kan inte må väl av all denna upprördhet.

Det hjälpte.

Maria blev tyst, men satt kvar, tog den gamlas händer, frågade till slut:

– Är du lika styv med nålen ännu?

– Nej, en del går förlorat med åren.

Euphrosyne tog in vin trots den tidiga timman. Hon slog upp och sa att nu dricker vi och lugnar oss.

Susanna drack och fick tillbaka färgen i ansiktet. Maria tog bara en munfull, ändå blev hon berusad.

– Vart tog du vägen?

Susannas röst var utan förebråelse och Maria visste ju att frågan måste ställas och besvaras.

– Jag blev galen, sa hon enkelt.

232

När hon såg de andras förvåning tänkte hon att hon valt
fel ord.

– Sinnessjuk, sa hon.

Ordet fick de två kvinnorna att rycka till, jag har kanske
aldrig berättat om detta för Euphrosyne, tänkte Maria.

Sen började hon med Golgata och om hur hon klövs i två
delar när de väntade nedanför korset. Det ena var en tom
del som inte kunde tänka och känna och så den andra, den
vanliga, med en smärta som hotade henne till livet.

– Först på tredje dagen när jag mötte Jesus vid graven
blev jag hel igen. Du minns hur Salome och jag sprang med
budet till vattenbärarens hus. Och där satt ni ju, även män-
nen som vågat sig ner från bergen. Någon dag senare fick jag
så den andra visionen, då när han sa: "Gör inga lagar ..." Och
sen bråket med Petrus och brytningen när han kastade ut
mig, oss ...

Då kom klyvnaden tillbaka och på något sätt blev den
min räddning. Jag flydde in i tomheten. Bara en tanke hade
jag: jag skulle möta Jesus i Galileen. Det var en dum tanke
men den var den enda som fanns i tomheten. Jag minns inte
hur jag kom ut ur staden och ingenting om den långa vand-
ringen tillbaka.

– Ni måste förstå, jag hade inga minnen. Ni och allt jag
varit med om, Euphrosyne och Leonidas, allt hade försvun-
nit.

Hon berättade hur hon tiggde sig fram, sov under bar him-
mel eller någon gång i ett fårhus, om askan i håret, såren,
smutsen, vanskötseln.

– Efter lång tid fann Leonidas mig, sovande på stranden
vid Gennesaret. Han tvättade mig, skaffade en läkare och
for med mig till havet. Där talade och talade han för att få
igång mitt huvud. Jag läkte långsamt och började vänja mig
vid tanken att bli köpmansfru.

Hon teg och tänkte att hon måste dra samman:

233

– Sen satt jag i mitt hus i Antiochia i åratal, läste böcker, tränade mitt förnuft och fyllde mitt huvud med kunskaper.

Men det tog lång tid innan jag vågade minnas och även då måste jag låta det gå långsamt och vara försiktig. Jag var så fruktansvärt rädd, Susanna.

– För galenskapen, frågade Euphrosyne.

– Ja. Det är hemskt att förlora förståndet.

De satt länge och såg ut över trädgården och havet.

Susannas röst var sträv när hon bröt tystnaden:

– Vi letade i dagar efter dig i Jerusalem, jag och de andra kvinnorna. Gick gränderna upp och ner och frågade där vi tordes. Till slut satte vi oss i lunden på Olivberget och sa oss att du var död, att du hade följt mannen som du älskade.

Så småningom återvände vi, var och en till sitt. Men vi skrev till varandra och en gång om året samlades vi i någons hem och erinrade oss vad Jesus sagt och gjort under vandringsåren. Och Lydia skrev ner våra minnen.

– Lever Lydia?

– Ja, hon och Salome bor tillsammans med mig i Efesos. De flesta lever ännu, Maria.

Maria Magdalena blundade medan hon ansträngde sig att fatta att de fanns och att de gjorde som hon, formade sina egna minnen långt borta från apostlarna och deras lära.

Susanna fortsatte:

– En dag gick vi till synagogan i Efesos för att höra den berömde Paulus. Han blev en besvikelse, en obetydlig man, tyckte vi. Efteråt var det mycket tal om honom, och en jude sa, att det ryktades att Paulus hade fört samtal i Antiochia med Maria Magdalena.

Först tänkte vi att det var struntprat. Men jag kände mannen som talat om dig och jag kunde inte släppa tanken. Så jag gick till honom och frågade. Och han var säker. Du levde och var gift med en sidenhandlare i Antiochia.

Då plötsligt mindes jag greken Leonidas och kom ihåg att han var från Syrien.

234

När jag kom hem till de andra var jag så upprörd att orden snubblade ur mig.

Sen kom Lydia att tänka på att du berättat om din styvmor och att hon hette Euphrosyne och bodde i Korinth. Vi skrev ett brev till henne. Och fick ett svar som sa att vi var välkomna att bo hos henne i september då hennes dotter, Maria från Magdala, skulle komma på besök.

Susanna skrattade och sa:

– Att vi inte fick glädjeslag den dag brevet kom förvånar mig.

Efter en lång stund bestämde Euphrosyne att de inte orkade mer för stunden. De åt en lätt middag och sen följde Maria Susanna till hennes rum och hjälpte henne i säng.

Maria viskade en fråga:

– Varför kom inte de andra med dig?

– Vi har en butik och nån måste sköta den. Jag var den som var lättast att undvara.

De lugna dagarna gick fort, Susanna sov mycket och Maria skrev på ett långt brev till Salome och Lydia. Det var inte lätt, hon drevs av ett behov att redovisa allt, alla de många, långa åren. Till slut skrev hon också om framtiden, åtminstone den närmaste. Hon skulle övertala Leonidas att angöra Efesos på hemresan, skrev hon. Sen skulle de gemensamt göra upp en plan för hur deras samarbete kunde fortsätta.

När skrivaren som skulle kopiera Marias skildringar kom bad Maria om en extra kopia. Den skulle Susanna ha med sig till de två andra.

Maria hade svårt att sova om nätterna, allt som hänt och oron för Leonidas plågade henne. Och den lindrades inte när han kom, han var blek och trött och höll ofta en knuten hand över bröstet.

– Jag har konstiga stick i hjärttrakten, sa han.

Nästa dag hade Euphrosyne kallat sin läkare, en samvetsgrann karl, grek. Han tyckte inte om Leonidas hjärta men trodde att en lång vila skulle hjälpa. Viktigast just nu var att han kom hem och togs om hand av sin egen läkare.

Leonidas somnade medan läkaren ännu var kvar.

Maria fick inse att någon utflykt till Efesos kunde det inte bli. Hon tog ett långt avsked av Susanna och lämnade sitt brev och en välfylld börs.

– En gåva från mig till er, sa hon. Jag hör av mig så fort det blir möjligt.

Susanna skulle stanna ännu några veckor i huset i Korinth.

– Var inte orolig för henne, sa Euphrosyne. Jag skall följa med henne till Efesos och se till att hon kommer väl fram.

– Vi skriver, vi skriver.

På hemresan verkade Leonidas friskare, han sov om nätterna med Marias hand i sin. Han fick bättre färg och hon lirkade honom att äta. De kunde tala med varandra igen.

Hon sa att det var havsluftens förtjänst. Han sa att det var hennes.

Men så en morgon när de redan kunde skymta Orentes mynning fick han andnöd och smärtsam hjärtklappning. Hon var handfallen, det fanns inget hon kunde göra.

– Försök andas långa tag.

Men han förmådde inte och i nästa stund förlorade han medvetandet. Sen lika plötsligt som de kommit släppte smärtorna i bröstet och han somnade.

Men Gud i himlen så blek han var.

Både Livia, Mera och den lilla pojken väntade i hamnen i Seleukia, Livia fylld av energi och nyfikenhet på resans resultat. Maria gick i land ensam, hon hade tvingat Leonidas att ligga kvar i sin koj:

– Ingen kan ställa krav på dig nu, hade hon sagt och väntat sig protester. Men han log tacksamt och hennes oro stegrades.

Helt kort förklarade Maria för Livia att Leonidas var sjuk, att de genast måste hämta läkaren som skulle möta dem hemma.

– Sjuk?

– Hjärtat.

Livia viskade:

– Som far.

Det blev långa dagar och långa nätter i det svala sovrummet.

Läkaren sa ungefär samma sak som kollegan i Korinth, bara en aning mer brutalt:

– Hjärtat är utslitet.

De fick mediciner som inte hjälpte.

Leonidas tyckte om soppor, Kipa kokade kött och silade kraftigt spad till buljong, Maria kryddade och la i grönsaker. De försökte med fisk men Leonidas blev illamående av lukten. Kanske har han aldrig tålt fisk, bara låtsats för min skull, tänkte Maria.

Mera sa:

– Jag talar med systrarna i Isis tempel.

Maria nickade.

Och någon dag senare stannade en bärstol utanför porten och Maria log mot den urgamla prästinnan, med lättnad och hopp. Den gamla ville vara ensam med Leonidas och hon satt länge i hans rum och strök över hans kropp medan Maria väntade utanför med bankande hjärta.

När hon kom ut sa hon:

– Han går snart, med glädje och utan tvekan. Jag kan ingenting göra, han har bestämt sig. Men jag kan lindra hans plågor så att dagarna blir mer uthärdliga.

Och hon visade Maria en stor flaska med en mörk vätska i.

– Vad är det?

– Digitalis, sa den gamla. I lagom dos. Ge honom tre skedar dagligen, den botar inte men den lindrar.

Maria tackade, den gamla tog farväl.

– Det sker som måste ske, sa hon. När det är över är du välkommen att hälsa på mig.

Maria fick gå om köket för att tvätta gråten ur ansiktet innan hon gick tillbaka till Leonidas, som log mot henne och sa att det var en märklig häxa du hittat.

– Ja, och med sig hade hon en märklig häxbrygd. Nu skall vi pröva.

Han blinkade roat med de tunga ögonlocken men öppnade snällt munnen när hon gav honom det första skedbladet med digitalis. En stund senare sov han, hon satt tyst vid hans sida och såg att han andades lugnare och att färgen långsamt återvände i hans ansikte.

När han vaknade satte han sig upp för första gången på flera dar.

– Jag är hungrig. Soppa. Och var är mirakelmedicinen?

Maria tänkte på den gamlas ord: "botar inte, lindrar bara." Men hon teg. Sen tänkte hon på de ståtliga fingerborgsblommorna i sin trädgård, vissna sedan länge nu. Aldrig hade hon vetat att de haft sådan kraft.

Hon lät bära in sin säng i Leonidas sovrum, sov i korta slumrar, vaknade och lyssnade på hans andetag. Tänkte mycket, mindes, kunde i all sin förtvivlan känna tacksamheten mot honom.

Aldrig sa jag dig hur mycket jag älskade dig.

När det dagades blev han alltid sämre, väste:

– Medicinen, Maria.

Och den hjälpte genom förmiddagarna. Sen sjönk krafterna igen och det ville till en ny sked för att han alls skulle få i sig lite middagsmat.

På eftermiddagarna kunde de talas vid någon gång en liten stund. Hon talade om deras kärlek, om allt han betytt för henne.

– En av världens mera underliga kärlekshistorier, sa han och blinkade roat mot henne.

Livia kom, gick på tå in till sin bror och satt tyst en stund. Rabbi Amasja kom, låg på knä vid sängen och bad. Leonidas sov mest hela tiden. På nätterna hände det att Maria grät i sömnen och väckte honom.

– Det gör mig ont att du är ledsen, sa han.

Han hade svårt med andningen när han fortsatte:

– Det är väl sörjt för dig i mitt testamente.

– Leonidas, nästan röt hon och det var enda gången hon höjde rösten mot honom under den långa sjuktiden. Han log skamset, viskade:

– Försök få hit Euphrosyne.

Maria skakade på huvudet.

Men när Livia kom på sitt eftermiddagsbesök tog han sig upp ur sömnen och sa:

– Se till att få hit Euphrosyne. Jag vill inte att Maria skall vara ensam när jag lämnar henne.

– Jag lovar, sa Livia.

Dagar och nätter flöt i varandra, de första välsignade regnen kom men Maria märkte det inte. De enda stunder hon hade för sig själv var när Terentius skötte Leonidas, hjälpte honom att tömma tarmen, tvättade kroppen och bytte lakan. Då gick Maria till badrummet och hann ibland få ett bad. Men mest blev hon bara sittande där.

Hon kunde inte längre gråta.

– Maria, sa Leonidas en natt. Jag vill att du skall lova mig en sak.

– Ja.

– Jag vill att du skall svära på det.

– Ja.

– Du skall inte gå in i tomheten.

– Jag lovar och svär.

En annan natt sa han:

– Jag drömmer ofta om Jesus, om att han är här i ljuset.

– Det är han, viskade Maria.

Sen låg hon vaken och tänkte att hon inte kunde känna den närvaron.

Och något ljus såg hon inte. Mörkret stod tätt utanför fönstren och lampa i rummet ville Leonidas inte ha. Hon hade en liten skål med olja på sitt nattduksbord, och veken blänkte blekt som gammalt silver.

Men i gryningen samma dag vaknade hon av det ljus som Leonidas talat om, hela rummet var bländande vitt. Hon böjde sig över honom och visste i samma stund att han gått sin väg.

Från de närmaste dagarna hade hon inga minnen och bara en tanke. Varje kväll påminde den henne om löftet till Leonidas: "Jag får inte ge efter för tomheten."

Eftersom varken Leonidas eller Maria haft många ord att säga om Marias styvmor hade Livia gjort sig bilder. En enkel kvinna, en grekisk bondflicka som av outgrundlig anledning gift sig med en jude och snart blivit änka i det barbariska Palestina.

Ett sånt gifte tydde på att människan saknade förnuft.

Sen hade hon slagit sig ner i ett hus i Tiberias, en tarvlig nybyggarstad i Galileen. Och där hade hon tagit hand om barnet. Hon var säkert en duktig hushållerska och fick väl på något sätt den döde judens pengar att räcka.

Marias utbildning hade Leonidas bekostat, grekiska lärare med stora kunskaper. Det hade hennes bror låtit undslippa sig en kväll när han druckit för mycket vin och Livia sagt något uppmuntrande om hur bildad Maria var.

Nu är det ju alltid så, tänkte Livia, att det är mödrarna som formar döttrarna. Och vad Maria lärt i huset i Tiberias var uppenbart, laga mat, sköta en trädgård, vända på slantar och vara ödmjuk och tacksam.

Livia tyckte följaktligen illa om Euphrosyne långt innan de mötts.

Dessutom hade hon tillräckligt med bekymmer utan att få en okänd släkting på halsen. Det var företaget som hade svag ekonomi, den försvunne Nikomakos, Leonidas testamente. Och det hade varit begravningen och allt arbete med den.

Men Livia hade lovat sin bror att låta hämta styvmodern.

Maria var inte till nytta, hon rörde sig som ett spöke, svarade inte på tilltal och hade inga åsikter och inga önskningar.

En morgon slog det Livia att den småskurna Euphrosyne i Korinth tackat ja till inbjudningen därför att hon ville bevaka Marias och sina egna intressen vid arvsskiftet.

Så klart. Så var det.

Men där de stod i hamnen och såg skeppet anlöpa skämdes Livia då hon fick se glädjen lysa upp Maria som vinkade mot passagerarna och ropade:

– Åh, mor. Mor, mor ...

I nästa stund fick Livia syn på den högväxta damen vid relingen och tog ett kraftigt tag i Meras arm: Håll i mig. Men hon var fortfarande skakad när den eleganta kvinnan gick över landgången och tog Maria i famnen.

– Vi överlever den här gången också, sa Euphrosyne till sin styvdotter.

Och Maria rätade på sig och det fanns ett hopp igen i de blå ögonen.

Men Livia undrade vad styvmodern menat med sina ord.

Euphrosyne hälsade på henne, vänligt men en aning för artigt. Hennes grekiska var klassisk, utan ett uns dialekt.

Hon är en världsdam, tänkte Livia. Varför har ingen sagt det till mig!

Lite senare tackade Euphrosyne den romerska kaptenen för god färd.

Hennes väskor skulle föras till Marias hus men först ville Livia bjuda på välkomstmiddag. Hon hade ansträngt sig, det var många rätter och fina viner. Ett roat småleende gick över Euphrosynes ansikte och Livia avskydde henne.

När gästerna lämnat köpmanshuset gick hon till sängs. Hon kände sig dödligt trött efter allt som hänt. Men hon hade klarat begravningen som ägt rum, helt i enlighet med grekisk ritual. Och sorgefesten efteråt och alla tröstande ord till de anställda som var rädda för framtiden. Pengarna?

Allt berodde på testamentet som skulle öppnas i morgon. Men Maria hade varit centrum i Leonidas liv och risken var

243

stor att hennes arv skulle ruinera företaget.

Hon saknade sin bror, vid alla gudar hur hon saknade honom, hans skratt och hans handlingskraft.

– Jag tyckte om henne, sa Euphrosyne i vagnen ut till Marias hus. Men varför är hon rädd?

– För testamentet som kommer att ge hela hans arvslott till mig. Du skall veta att familjeföretaget är hennes livsverk.

I Marias hem hade gästhuset, som inretts för Mera och hennes barn, ställts i ordning. Euphrosyne skulle få det bekvämt, nästan så som hon var van. Hon hälsade nyfiket på Kipa och med respekt på Terentius. Allt var till belåtenhet, sa hon och tackade dem för deras omsorger. Och Terentius tänkte som Livia, en dam, en riktig dam.

De talade inte mycket när de gick genom trädgården och Maria skämdes för att den hade härjats så svårt av hettan. När de kom tillbaka till huset bad Maria Terentius om glödgat vin.

– Det är bra att sova på, sa hon.

– Har du svårt med sömnen.

– Nej, jag sover så fort jag får en möjlighet.

– Men du äter dåligt, jag har sett det. Och jag tänker med fasa på när ... Leonidas dog förra gången. Nu har vi ingen Octavianus.

– Jag skall bättra mig.

– Bra.

Och Maria åt av den brynta kycklingen och det nybakade brödet, så mycket att kroppen kändes tung.

De sa godnatt.

En lång dag var över och Maria somnade som ett barn. Som det barn jag är, hann hon tänka. Far är död men mor tar hand om mig.

Euphrosyne var som hon brukade uppe i ottan. Med penna

244

och ett ark papyrus satte hon sig vid köksbordet och sa till Kipa:

– Jag är orolig för fru Marias dåliga aptit. Vi måste få henne att äta.

Kipa tog god tid på sig innan hon tog pennan och helt kort skrev:

– Lita på mig.

Euphrosyne blev mycket nöjd.

När Maria dök upp var hon nästan svullen av sömn.

– Du kan inte ana hur gott jag sovit.

– Vi har en del att tala om. Men ät först din frukost.

Maria satt kvar vid köksbordet där Kipa serverade en egendomlig måltid, fetaost och salta oliver, ett stort päron, bröd och kallt öl.

– Jag vet vem som har pratat med dig, sa Maria till Kipa och åt som ett hungrigt barn.

En stund senare berättade Euphrosyne om sitt besök i Efesos, om Salome, Lydia och Susanna som levde ett sparsamt liv i två små rum på våningen över den lilla butiken.

– De hade någonting. Ro och en självklarhet, sa hon efter att ha sökt en stund efter orden.

Sen frågade hon:

– Vad tänker du göra med arvet?

– Låta det stå kvar i företaget.

De blinkade mot varandra och log båda. Kipa som iakttog dem blev mycket belåten.

Sen var mannen med testamentet och oändliga högar av andra dokument där. Han hade varit i familjens tjänst i många år och var noggrann och kylig som det anstår en jurist.

Han började med att redovisa företagets tillgångar, skeppen, sidenväveriet, utestående fordringar, husen.

Skulderna var också betydande, sa han. En svårighet hängde samman med den försvunne svärsonen, som ju kunde dyka upp när som helst och sätta hela företaget på obestånd för att gå med på skilsmässan.

Han såg inte på Mera när han sa det men alla runt bordet kände kylan i hans röst.

Så blev det högtidligt tyst när han bröt sigillen till testamenten.

Och naturligtvis var det som Livia fruktat, hela Leonidas förmögenhet skulle gå oavkortad till Maria.

Maria tog ordet, lugnt och övervägt vände hon sig mot Livia:

– Jag har beslutat att låta mina pengar stå kvar i företaget. Vi blir delägare, du och jag. Du får ta hela ansvaret och allt arbete, vilket inte är rättvist. Men du vet ju att jag inte har något sinne för affärer. Och jag tänker flytta hem till min mor så snart jag sålt mitt hus.

När Livia återfått talföret sa hon:

– Vad skulle Leonidas ha sagt om ditt beslut?

– Han skulle ha gapskrattat, sa Euphrosyne.

Livia såg häpen ut, Euphrosyne fortsatte:

– Jag är övertygad om att den smarte gossen fått det just som han räknat ut. Han har säkrat Marias försörjning utan att ställa till svårigheter för firman.

Nu vågade även Livia le. Men så skärpte hon anletsdragen och rösten:

– Jag kräver att Maria utser en god man som representerar hennes intressen i företaget.

– Var i Guds namn skall jag hitta en sån?

– Jag kanske kan hjälpa till, sa advokaten.

– Nej, sa Livia och Euphrosyne nästan i mun på varandra.

Advokaten hade bråttom tillbaka till sitt kontor. Det var många nya dokument som skulle upprättas, sa han. Euphrosyne tänkte att han kanske var rädd för att Maria skulle ändra sig.

246

Den eftermiddagen kunde de tre kvinnorna äntligen tala om Leonidas. Livia började med en fråga:

– Du kände min bror?

– Ja, mycket väl. Och tyckte om honom. Så kom vi att stå varandra nära när vi delade ansvaret för barnet.

– Det är så mycket jag inte vet om honom.

– Nej, han var tystlåten av sig.

Euphrosyne tänkte efter en stund och berättade sedan hur de hade haft det när han dog första gången.

– Maria var ju bara en barnunge men hon sörjde sig nästan till döds. Genom att svälta. Det var hemskt, jag trodde jag skulle bli galen av oro.

– Vi fick ju också dödsbud från romerska armén, sa Livia. Sen dröjde det bara någon månad innan en smutsig beduin dök upp med begäran om lösen. Min man nekade tvärt och han var huvudman i firman. Det var hemska år.

De nickade, de förstod.

Slutligen sa Livia:

– Kvinnorna i vår släkt har en benägenhet att gifta sig med fel karlar. Mor gjorde det, jag gjorde det och Mera, stackarn.

– Det är inte utan att jag känner igen situationen, sa Euphrosyne.

Maria gick långsamt på vit marmor längs den ståtliga pelargatan i Efesos. Alla hus var sköna men det väldiga templet tog nästan andan ur henne. En lång stund stod hon full av beundran inför gudinnan med de många brösten. Hennes kropp var svept i alla skogarnas och markernas djur, tjurar, antiloper, flygande sfinxer med kvinnobröst och så de jättelika bina, som var Artemis symbol.

Stor, stor är efesiernas Diana.

Och stora de grekiska konstnärerna, tänkte hon och mindes Setonius berättelse om gudastatyerna som stod där de skulle på hans barndoms ö.

Det fanns en mindre gudinna också och Maria såg förvånad att hennes ansikte liknade Isis i templet i Antiochia.

Den stora Modern som nu förlorar sin makt över världen, tänkte hon och mindes den gamla prästinnans ord.

En stund senare sökte hon sig ut mot stans utkanter. Det tog tid, stan var stor, nästan lika stor som Antiochia. Men så annorlunda, så mycket lättare, ljusare.

Hon var ensam. Euphrosyne hade motsatt sig det och menat att Terentius skulle följa med henne, som skugga och beskyddare. Men Maria ville inte komma till sina kamrater från vandringsåren med en ståtlig slav i sitt följe. Hon hade klätt sig i grått, slitna plagg som hon hittat underst i klädkistan när hon packade. Hon hade tvättat dem och fått Kipa att laga revor och hål.

Det var samma kläder hon haft under vandringarna med Jesus. Och när hon klädde sig innan hon gick i land kände hon till stor förvåning att de lappade men outslitliga plaggen gav henne ny styrka.

Skeppet med Euphrosyne och tjänarna fortsatte mot Korinth.

Maria fick fråga sig fram till fattiggatan där Susanna, Lydia och Salome bodde. Den låg långt från stadens ståtliga centrum, där greker från halva världen strövade, offrade till sina gudar och njöt av deras skönhet.

Nu smalnade gatorna till gränder och just när Maria tänkte att hon gått vilse i myllret av småaffärer och gatustånd fick hon syn på butiken. Ett blått siden lyste på långt håll, Maria kände igen det.

– Det har Susanna fått av Euphrosyne, tänkte hon.

Så öppnade hon dörren, där fanns gudskelov inga kunder, men bakom disken stod Lydia, rakryggad, lång och ståtlig. De två kvinnorna såg på varandra, tysta, fyllda av högtid och glädje.

Till slut viskade Maria:

– Får jag sätta mig.

Det räckte för att Lydia skulle gå ut ur sin förstening, hon drog fram en stol och hämtade ett glas vatten.

– Du har gått länge?

– Bara från hamnen. Men det är en stor stad.

– Drick!

– Tack.

Sen bankade Lydia i taket med en lång käpp. Maria hörde en dörr öppnas och i nästa ögonblick ropade Lydia:

– Skynda. Hon har kommit.

Salome kom springande nerför trappan. Maria fick ingen tydlig bild av henne för sikten var skymd av tårar. Och likadant var det med Salome.

Ingen sa ett ord.

Det är konstigt men vi är kanske lite blyga för varann,
tänkte Maria.

– Jag måste få hälsa på Susanna, sa hon.

– Kom.

I köket i våningen ovanför satt Susanna med armarna ut-
sträckta mot Maria som gjorde som hon gjort i Korinth, föll
på knä och begravde ansiktet i Susannas mantel. Susanna
skrattade av glädje och gav sig av i långa ordramsor om hur
innerligt glada de var. Och om hur de väntat.

Och hoppats.

Lätt som en vind bröt hon udden av deras förvirring, snart
talade de alla fyra i mun på varandra.

Och så höll de på tills Susanna bröt av och ropade:

– Mat, vi skall ha en festmiddag.

Lydia gick ner och stängde butiken, Maria följde efter och
hämtade sin påse med nattkläder och ombyten.

Salome lagade mat. Rökt lammkött med en sås där varen-
da krydda väckte minnen hos Maria. Så, just så hade det
smakat vid lägereldarna om kvällarna.

De talade inte mycket denna första kväll, bytte bara små-
prat sedan de lagt sig på sina sovmattor. Å detta mjuka kvin-
notal, så väl Maria kände igen det.

Men hon fann sovmattan obekväm och fick vända sig
många gånger innan hon hittade rätt ställning. Det var länge
sen Leonidas hustru sovit på golvet.

Nästa morgon bröt pratet ut som en flod, så oändligt myck-
et de hade att berätta för varandra. Till en början var de per-
sonliga, de talade om byarna där hemma där ingenting för-
ändrats, om barn och barnbarn och om glädjen när de reste
hem för att tala om det som skett.

Maria satt tyst, tänkte att jag måste säga det.

– Min man dog för en månad sedan.

De slog armarna om henne, de grät av medlidande. Deras
sorg var så långt som tänkas kan från Euphrosynes saklighet

och Livias behärskning.

De hade många minnen av Leonidas, de talade om den dagen han kom till Kafarnaum, om hur ståtlig han var och hur vänlig och öppen.

– Han hade ett fantastiskt skratt, sa Lydia. Jag minns att det drog alla med sig, både Simon som var så mån om sin värdighet och de där seloterna som blev vår olycka.

Sen tystnade de.

– Jag har aldrig förstått vad som hände, sa Maria.

– Vi väntar till i morgon. Då är det sabbat och vi kan ägna hela dagen åt ... våra minnen.

Det var Salome och hon fortsatte:

– Vi har läst kopiorna av det du har skrivit. Men vi har också anteckningar som Lydia gjort under årens lopp. Medan vi sköter vårt i dag får du läsa dem.

– Tack.

Och medan kvinnorna städade hus och butik och gav sig ut på stan för att handla till sabbaten satt Maria vid köksbordet och läste. Deras minnen skilde sig från hennes i många detaljer men det storslagna var hur lika de uppfattat Jesu ord och gärningar.

Jag var inte så ensam som jag trodde.

Hela nästa dag flätade de samman sina skildringar, Marias bilder med Lydias anteckningar. Det stärkte dem, de fick bekräftelse. Men Lydia talade om hur oberäkneligt minnet ändå är:

– För mig kan ett minne dyka upp i en dröm, det kan handla om ett ljus över sjön. Eller en doft av en blomma. Bara ibland finns en tydlig bild och någon som säger något. Allt påminner. När jag vaknar försöker jag göra bilden tydligare. Jag minns. Men jag blir osäker, var fyller jag i, vad lägger jag till, vad tolkar jag in?

Maria nickade, hon kände igen.

Men gamla Susanna skrattade och sa:

– Ni har för livlig fantasi. Jag minns det jag minns och jag kan gå tillbaka när jag vill, gå uppför trappan till huset i Kafarnaum, se den slitna dörrklinkan, stå där en stund och lyssna på den unga rösten från sjön där han satt i en båt och talade till folket.

– Det är ju fantastiskt, sa Maria. Kan du göra det närhelst du vill?

– Nej. Och oftast gäller det när minnet är förknippat med smärta. Jag kan se varje detalj på Golgata, varje händelse under de många timmarna.

– Men det måste ju betyda att det finns sånt du har svårt att minnas, sa Salome. All glädjen …?

Susanna nickade, Maria sa:

– Det är underligt. Du var ju den som var gladast.

Den här gången varade tystnaden länge. Salome gick efter aprikossaften och bägarna. Medan hon serverade såg Maria eftertänksamt på henne och sa till sist:

– Men du då Salome. Hur minns du? Du var ju den av oss som hade det bästa huvudet.

– Nej, det hade du.

– Fel, du hade intelligensen. Jag hade förnuftet.

De skrattade. Sen sa Salome:

– De första åren efter korsfästelsen ansåg jag mig ha klara och tydliga minnen av allt som Jesus sa och gjorde. Men så kom ju den stora mytbildningen igång i de kristna församlingarna, uppståndelsen, änglarna vid graven, modern som var jungfru. Nu har de hittat en stjärna över Betlehem …

Hon tvekade en stund innan hon fortsatte:

– De talar och talar hans apostlar, och vem är jag som skulle våga påstå att de har fel och jag rätt. Jag har blivit så osäker …

De nickade, de kände sig otillräckliga.

Men Lydia reste sig i hela sin längd när hon la tyngd i orden:

– Jag tror på sagor, berättelser om gudar och vidunder, troll-

252

dom och under, hemska havsdjur och änglar. Men när man börjar påstå att de är verkliga, att allt detta har hänt i vår värld, förlorar jag tron.

De andra såg förvånade ut, men Maria förstod.

– Ingen av oss har ju några svar, vem han var och vad hans uppgift var, sa Susanna.

– Jag anser att Maria har rätt när hon skriver: "Han var för stor för oss." Men det finns ju gott om folk som har svar på allt. Petrus, Barnabas och Paulus för att bara nämna några.

Salomes röst var mild men hennes ögon var arga.

Susanna knep ihop munnen och mumlade.

– Vad sa du?

– Att ingen någonsin lyssnar på kvinnor.

De satt tysta, de visste att det var sant.

– Några kommer till slut att göra det. Och det kanske räcker, sa Lydia.

Då berättade Maria om de kristna samfunden som ställt sig utanför apostlarnas lära.

– Jag var på en gudstjänst hos gnostikerna …

Hon skildrade lottdragningen före gudstjänsten, hon gav en livlig bild av kvinnan som predikat och vad hon sagt.

– Jag var beslöjad och svept i svart, sa hon. Under alla åren i Antiochia var jag rädd för att bli igenkänd. Ni förstår säkert hur upprörd jag blev när kvinnan därframme började citera min uppgörelse med Petrus i vattenbärarens hus i Jerusalem.

Ord för ord, sa Maria och förvåningen fanns kvar i hennes röst. Det var då jag förstod att ord har eget liv. Och makt.

De hade lyssnat i spänning och stor förvåning.

Nu satt de tysta och begrundade.

Det var Salome som till slut sa:

– Det är kanske viktigt att också vi lägger fram våra vittnesmål.

– Ja, sa Maria och så utvecklade hon sin plan.

Hon hade talat med sin styvmor på resan från Antiochia, berättade hon. Och Euphrosyne var ivrig att stödja dem. De skulle bygga ett hus mellan två gröna kullar på den stora tomten vid Korinthiska viken. Bibliotek, sovrum till var och en och ett stort kök.

– Där är vackert, sa hon.

– Pengar?

– Vi är hans lärjungar och gör som han lärde. Vi lägger våra tillgångar i en gemensam kassa och delar på allt.

– Men vi har så lite.

– Jag råkar ha mycket. Och det måste väl finnas någon mening med arvet efter Leonidas.

Maria kunde nästan höra deras tankar i den långa tystnaden.

Lydia tänkte att det skulle bli svårt att bryta upp från Efesos där hon känt sig hemma i nära tjugo år.

Susanna tänkte att hon var för gammal.

Salome var mer praktisk och det var hon som bröt tystnaden:

– Men vad skall vi göra hela långa dagarna. Vi kan ju inte bara prata och skriva.

Maria log:

– Jag har tänkt att vi skulle kunna odla grönsaker och förtjäna på det. Och så småningom kunde vi ta emot elever, kvinnor som är intresserade av vad vi har att lära.

Enstaka repliker föll som tunga regndroppar:

– Vi måste fundera.

– Ja.

– När skall du resa?

– Om en vecka hämtar båten mig.

– Vad är Korinth för slags stad?

– Mindre än den här.

– Många romare?

– Ja, och många judar.

– Vad skall folk tänka om oss?

– Brydde du dig någonsin om det när du följde Jesus?
– Tror du att Jesus stöder din idé?
– Ja.
– Du skall få besked.
– Det är svårt att byta liv.
– Det är svårt att leva här också. Vi blir äldre.

Längre kom de inte den kvällen. De dukade för sabbatsmåltiden, tände sina ljus och bad de gamla bönerna. Men allas tankar var långt borta.

Maria fick resa från Efesos utan besked. Hon ville inte pressa de tveksamma och tänkte att hon nog inte behövde det. Ibland var hon alldeles säker, detta beslut hade redan fattats.

I himmelriket, tänkte hon. Det som levde så starkt inom dessa kvinnor.

När Maria på uppgjord dag gick ombord på skeppet var de alla med och höll hennes händer som om de vägrade släppa dem.

– Om vi inte …, sa Susanna och rösten darrade. Kommer du ändå och hälsar på oss någon gång.

– Ja, det lovar jag.

– Så du blir inte alltför besviken.

– Jo. Men det får väl gå över som allt annat.

– Det är konstigt att vi har blivit så vankelmodiga, sa Lydia. Om vi tänker på att vi en gång gav upp allt och bara följde Mästaren.

Maria nickade, hon hade ofta tänkt på det, hur obegripligt starka dessa kvinnor som följde Jesus var. De lämnade inte bara sina familjer, de bröt med hela sin tradition, hela det judiska samhället. Så mycket spott, så mycket spe de hade fått uthärda.

– Men det var ju som om vi inte hade något val, sa Salome.

Maria tänkte sig noga för innan hon sa:

– Jag tror inte vi har det nu heller. Vi har ett uppdrag.

De log tveksamt mot henne.

I nästa stund ropade kaptenen att skeppet var klart för avgång. Kvinnorna måste gå i land och de skildes med tafatta ord:

– Vi ses igen.
– Vi skriver.